AF399995

- Liebe ist Liebe. Echt und wahr. Einzigartig! Besonders, wenn ein Mädchen ein Mädchen liebt. -

Ina Broich

Ode liebt Aba

Ein Südafrika-Liebesroman

 tredition

Inhaltsverzeichnis

Kapitel 1

„Ich hasse dich!" Ode schmeißt das Küchentuch von sich, es landet auf dem festgestampften Boden. „Ich habe nie Zeit für mich! Nicht für Hausaufgaben und auch nicht meine Freunde. Wenn ich überhaupt noch welche habe, denn ich komme ja zu keiner Party. Immer muss ich hier helfen. Meine Brüder können doch auch mal was erledigen!" Sie fährt sich mit dem Handrücken über die Stirn und wischt den Schweiß an der Shorts ab. Nomandias Hand umkrampft die Rückenlehne eines der beiden verbliebenen Stühle, sodass ihre Knöchel hervortreten. „Sprich nicht so mit mir!" Auf der Stirn von Odes Mutter bilden sich steile Falten in der gräulichen Haut.Die Hitze des Dezember-Tages füllt das Haus bis zur Decke, die Wut der beiden Frauen vermengt sich mit der Sonnenglut zu einer explosiven Mischung.

„Ich kann dich da nicht hinlassen, du musst mir beim Einkochen helfen, einkaufen gehen und Petroleum organisieren." Nomandia lässt sich auf den von Schimmelflecken gesprenkelten Gartenstuhl fallen.

„Das ist der Weihnachtsball, alle aus meiner Klasse gehen dahin!" Ode ballt ihre Hände zu Fäusten.

„Du nicht!" Die Hand der Frau zuckt zur Flasche auf dem Küchentresen und Ode verdreht die Augen. Das Gefühl, vor ihrer Mutter auszuspucken, droht das Mädchen zu übermannen.

„Lass das Saufen, dann muss ich nicht immer für alles herhalten." Wut brodelt heiß in ihrem Bauch. Lange aufgestaut und immer wieder verdrängt, Ode kennt schon fast keinen anderen Gefühlszustand mehr. Bevor ihr weitere Schimpfworte über die Lippen schlüpfen können, packt sie ihren Jeansrucksack und schlüpft zur Hintertür hinaus. Mit einem Ächzen fällt die verzogene Tür hinter ihr ins Schloss.

Die Schirmakazie in der Mitte des Hinterhofes breitet ihre Äste aus, weit über die Mauern hinaus. Ode zieht sich an einem knorrigen Zweig hoch und hievt sich über die Mauer. Mit geballten Fäusten läuft sie die staubigen Gassen von Soweto entlang.

„Shwele konke!" Der Fluch kommt ihr leicht über die Lippen, ihre Brüder haben sie gelehrt, so zu fluchen. Ode verfällt in einen leichten Laufschritt. Sie muss den Bus zur Waterfront in Randburg erwischen. Sie erreicht Kliptown-Station und hüpft in den Bus.

„He, warte!" Ode wirft einen Blick über die Schulter und nickt der Nachbarin zu. Sie wohnt im gleichen Township wie Ode, Klipspruit, einer von dreißig Bezirken, in die Soweto eingeteilt ist. Honey lässt sich neben sie plumpsen und Ode stöhnt leise. Sie mag Honey sehr, aber die Frau versteht nicht, wann es besser ist, zu schweigen.

„Was machst du hier? Du bist früh dran. Wieso bist du nicht in der Schule? Hast du heute frei? Ach ja, der Sommerball. Richtig. Musst du dich da nicht vorbereiten? Schick machen? Ein sexy Kleid anziehen und den Jungen die Augen verdrehen?" Wie ein Wasserfall ergießen sich die Worte über Ode und sie hebt in Abwehr die Arme, um die Flut aufzuhalten.

„Ich habe heute schulfrei, deshalb mache ich eine extra Schicht im Restaurant." Ein Seufzer fährt ihr über die Lippen. Honey sieht sie unter hochgezogenen Augenbrauen an.

„Raus mit den Worten, was ist los?" Odes Blick wandert zum Fenster hinaus, es liegen noch lange dreißig Minuten Fahrt vor ihr.

„Ich gehe nicht", murmelt sie mit dem Mund an der Scheibe und lehnt ihren Kopf dagegen.

„Was? Ich habe nix verstanden!" Honey pickt das Mädchen in die Flanke. Ode wendet der Nachbarin langsam den Kopf zu.

„Ich gehe nicht, habe ich gesagt, und jetzt lass mich bitte in Ruhe!" Sie schließt die Augen, in der Hoffnung nicht weiter vollgequatscht zu werden. Honey wäre nicht Honey, wenn sie die Aussage auf sich beruhen lassen würde. Empörung schwingt in ihrer Stimme mit. „Natürlich gehst du! So ein hübsches Mädchen wie du muss tanzen, die ganze Nacht hindurch!" Tränen steigen in Ode auf, rinnen über ihre Wange und tropfen vom Kinn in ihren Schoss.

„Mutter hat es verboten. Ende. Keine Widerrede. So ist das!" Sie schnieft leise und wischt sich den Rotz mit dem Handrücken fort. Der Bus holpert über die Bahnschienen, sie haben Soweto verlassen. Die Häuser wachsen in die Höhe, die Gärten in die Breite, die Properties geschützt und eingerahmt von hohen Mauern. Wie wildes Vieh versucht man uns draußen zu halten, denkt Ode und schüttelt den Kopf. Aber arbeiten dürfen wir für sie, für einen Mindestlohn, der unterirdisch ist. Sie beißt die Zähne aufeinander. Ohne ihr Gehalt hätte die Familie überhaupt keinen Rand zur Verfügung. Was ihre Mutter verdient, fließt in Alkohol, das ist Gesetzt bei ihnen zu Hause. Das Geld ihrer Brüder in Geschäfte, in die Ode nicht mit hineingezogen werden will. Leichtes Geld, blutiges Geld. Unermüdlich hatte sie in der Vergangenheit versucht, ihren jüngeren Brüdern ins Gewissen zu reden. Sie lachten die große Schwester aus und machten weiter, wo sie am Vortag aufgehört hatten. Irgendwann hatte Ode es aufgegeben, sie vor der Gewalt in Soweto zu beschützen. Randburg-Waterfront kommt in Sicht. Ode springt von ihrem Sitz auf und drängt sich an Honey vorbei, als der Bus mit flappenden Reifen zum Stehen kommt.

„Ich muss hier aussteigen, bis dann!"

„Bis bald, Mädchen!"

Die Bustüren öffnen sich mit einem schwerfälligen Quietschen und Ode quetscht sich durch den Spalt. Sie ignoriert die Protestlaute der anderen Fahrgäste, an denen sie sich mit ausgefahrenen Ellbogen vorbei drängelt. Im Laufschritt durchquert sie den Haupteingang. Sie hält inne und gönnt sich für ein paar Sekunden den frischen Wind in ihrem Gesicht, der über die Wasserfläche in der Mitte der Anlage weht. Bunte Tretboote dümpeln an den Stegen, Touristen flanieren durch die Geschäfte rund um den See. Die Holzbohlen knarzen unter den Sneakern. Sie schlüpft durch eine Tür für Angestellte zu ihrer Rechten und betritt die Welt hinter der glänzenden Waterfront. Hier reihen sich überfüllte Mülleimer aneinander, Vögel picken in den Essensresten der Touristen. Frittierte Hühnchenteile, zerpflückte Burger, Pommes, die in Soße schwimmen. Ganze Menüs werden von den Besuchern der Waterfront weggeworfen. Da wo Ode herkommt, wären die Menschen dankbar für jeden Rest, der der den Magen ein Stück weit füllt. Dem Mädchen fällt es schwer sich nicht über den Anblick von Essen in Mülltonnen aufzuregen. Mit schnellen Schritten eilt sie weiter. Ode hat sich an die Gerüche an den Hinterausgängen der Küchen gewöhnt. Das Gemenge von frisch zubereitetem Essen und abgestandenem Müll ist ein ihr wohlgekanntes Potpourri aus dem Township. Sie nähert sich dem Fischrestaurant in dem sie arbeitet und zieht die Nase kraus. Sie hasst Fisch. Egal ob frittiert, gebacken, gedünstet oder gegrillt. Die letzte Variante erträgt sie noch am ehesten. Die Bezahlung im Restaurant war vom ersten Tag an besser, als in all den anderen Schnellrestaurants, die den See säumen, und so ist sie geblieben und nimmt den Fisch als kleineres Übel. Sie öffnet den Verschlag zwischen Außenmauer und Hintertür und schlüpft aus ihrer Kleidung. Sie hängt ihr gelbes T-Shirt und die Khaki-Shorts an den Haken und zieht sich die Arbeitskleidung über. Die Uniform stellt das Restaurant zur Verfügung. Jedes Mal von Neuem fühlt sie sich in der weißen Bluse und dem schwarzen Rock mit breitem Gürtel völlig overdressed. Ohne ihre gewohnten Sneaker würde sie den Halt in dieser Welt der Reichen verlieren, da ist sie sich ganz sicher. Mit einem Kopfnicken grüßt sie Coco, den Koch aus Malaysia. Er spricht weder Englisch noch Afrikaans, und natürlich kein Zulu wie Ode, aber er kocht wie ein Meister, sagt die Chefin, und lässt niemanden sonst an die Töpfe. Er grinst Ode an, dabei entblößt er die fehlenden Schneidezähne. Die Gefängnis-Zahnlücke. Ode kennt sich damit aus. In ihrer

Nachbarschaft gibt es hunderte junge Männer, die eine solche Zahnlücke aufweisen. Gänsehaut läuft ihr über die Arme, wenn sie daran denkt, warum die Insassen die Zähne ausgeschlagen bekommen. Ob Coco im Knast auch das Kochen gelernt hat? Sie öffnet die gläserne Schiebetüre zum Restaurant. Stimmengewirr schlägt ihr entgegen, der Innenraum und die Außenterrasse sind zu über der Hälfte mit Gästen gefüllt. Alice eilt auf Ode zu, ihre hohen Absätze klackern über den steinernen Boden.

„Pünktlich wie immer, Lyiana!" Ihre Chefin klatscht in die Hände, dabei wippt die Perlenkette um ihren schlanken Hals. Ihre wasserblauen Augen funkeln, sie weiß, dass Ode es hasst, bei ihrem Geburtsnamen genannt zu werden. Das Mädchen ringt sich ein kleines Lächeln ab.

„Welchen Bereich bediene ich heute?"

„Du übernimmst heute den Innenbereich." Ode nickt und Alice beugt sich über den polierten Tresen. Sie drückt dem Mädchen die Tageskarte in die Hand und erklärt ihr die Speisen. Jeden Tag ist die Karte eine andere, und jedes Mal muss sie Ode von Neuem verinnerlichen. Das Restaurant erhält ganz in der Früh per Flugzeug fangfrischen Fisch aus Kapstadt, Port Elizabeth und Durban. Daraus komponiert Alice die Menüs. Ihre Königsdisziplin, wie sie stets zu betonen pflegt. Ode überfliegt die Menüpunkte auf der Karte.

„In Ordnung, ich lege gleich los." Alice tätschelt Odes Schulter und
eilt in den Nachbarraum, der nur aus Weinschränken besteht. Dort
lagern die feinsten Tropfen aus den Weinbergen von Constantia
und Stellenbosch. Ode verzieht das Gesicht in der Erinnerung an
ihre letzte und einzige Weinprobe. Eine gut gekühlte Cola ist ihr
tausend Mal lieber. Mit den Menükarten in ihrer einen Hand und
einem Tablett in der anderen, begibt sie sich zu dem Tisch, an dem
sich soeben eine Familie mit vier Kindern niedergelassen hat. Ode
macht sich einen Spaß daraus, zu erraten, woher die Gäste kommen. Inzwischen hat sie eine feine Nase entwickelt und gewinnt
die meisten Wetten, die sie mit Solomon, dem Barkeeper eingeht.
Sie begrüßt die Gäste mit einem breiten Lächeln und reicht ihnen
die Tageskarten. Am Klang der Aussprache der englischen Worte
hat sie sich innerhalb von ein paar wenigen Sekunden darauf fest-
gelegt, dass es Europäer sind. Sie nimmt die Getränke-Wünsche
auf und eilt zurück zum Tresen.

„Das sind Deutsche, ganz klar!" Sie reicht Solomon den Zettel rüber
und schiebt eine Pobacke auf den nächsten Barhocker. Die Klima-
anlage rauscht und treibt kühle Luft in Wellen durch den Raum.
Ode arbeitet lieber auf der Terrasse. Hier drinnen harren die Gäste
länger aus, das bedeutet weniger Trinkgeld. Das Geld, welches
Ode nur für sich zur Verfügung hat. Das sie zu Hause nicht abge-
ben muss. Davon kauft sie sich Bücher. Schulbücher, Notizbücher,
Romane. Solomon schiebt ihr die Getränke über die Mahagoni-Ar-
beitsplatte zu und Ode setzt ihr Arbeits-Lächeln auf. Ihre weißen
Zähne blitzen und bis zum Ende der Schicht hält sie die fröhliche

Miene aufrecht. Am späten Nachmittag schiebt sie sich die losen
Scheine, die die Touristen ihr zugesteckt haben, in die Hosentasche. Die Gäste waren spendabel und Ode weiß, wie sie das Geld
umsetzen möchte. Sie verlässt das Restaurant durch den Vorder-
eingang und schlendert an den Auslagen der Geschäfte entlang.
Die wenigsten Waren kann sie sich leisten. Wie ein Fisch
schwimmt sie im Touristenstrom mit. Für einige Augenblicke vergisst sie, wo sie herkommt. Dass diese Welt nicht ihre ist. Sie
lauscht den Gesprächen der Menschen um sie herum, ohne ein
Wort zu verstehen. Einheimische kaufen hier nicht ein. Ode streckt
die verkrampfte Rückenmuskulatur und betritt den Randburg-
Bookshop. Das Summen der Stimmen verklingt hinter ihr, als sie
den Laden betritt. Hochfloriger Teppich vermittelt Ode das Gefühl
von einer intensiven Wohlstimmung und am liebsten würde sie die
Sneaker abstreifen und barfuß laufen. Stattdessen stöbert sie durch
die Bücher. Der nächste Bus geht erst in zwanzig Minuten und sie
hat es nicht eilig nach Hause zu kommen. Mit ihren Fingern fährt
sie über die Buchrücken, nimmt immer mal wieder einen Roman
aus dem Regal, und liest den Klappentext. Mit zusammengepress-
ten Lippen schiebt sie die Bücher zurück. Heute muss sie ein Lehr-
buch kaufen. Die Matrik besteht bevor, in wenigen Monaten hat sie
ihren ersehnten Abschluss. Dann ist sie frei. Sie umrundet den Kas-
senbereich und schlendert zu dem Tisch mit den Schulbüchern.
Ihre Augen wandern über die Titel, bis sie das Buch für ange-
wandte Mathematik gefunden hat. Ode bezahlt an der Kasse und
schiebt das Buch in ihren Rucksack. Sie mag Mathematik ebenso

wenig wie Fisch, aber wenn ihre Zukunft davon abhängig ist, ist
sie bereit, beides in Kauf zu nehmen.

„Hast du nicht Anfang des Schuljahres das Gleiche gekauft?" Die
grauhaarige Verkäuferin sieht Ode hinter ihrer Hornbrille an.

„Doch", nickt das Mädchen. „Es wurde mir geklaut." Die Frau
stemmt die Arme in ihre ausladenden Hüften.

„Aber das geht doch nicht!"

„Bei uns schon, Miss Heeren. Geld ist immer knapp. Alles ist immer knapp."

„Warte einen Moment, ja?" Die Verkäuferin bückt sich vor und
Ode betrachtet mit großen Augen den Hintern, den die Frau ihr
nun entgegenstreckt. Sie unterdrückt das Grinsen, als die Frau mit
einem Ächzen auftaucht. In ihrer Hand hält sie zwei Bücher.

„Hier, nimm die mit! Die sind makuliert wegen kleinerer Fehler
und ich kann sie nicht weiterverkaufen." Sie streckt Ode die Romane entgegen. Die Hände des Mädchens wollen nach vorn zucken, doch ihre Gedanken halten sie zurück.

„Einfach so schenken Sie mir die? Was wollen Sie dafür?" Sie legt
den Kopf schief.

„Du arbeitest hart und dann wirst du auch noch bestohlen, in was für einer Welt leben wir denn? Die beiden Bücher würde ich sonst wegwerfen und du, als meine treue Kundin, weißt sie noch zu schätzen. Also, alles gut. Nun nimm sie schon!"

„Okay, danke!" Ode verzieht ihren Mund zu einem Lächeln. Sie fasst nach den Romanen und schiebt sie zu dem Schulbuch in den Rucksack. Dabei fällt ihr Blick auf die Wanduhr und sie fährt zusammen.

„Ich muss mich beeilen, wenn ich den Bus nach Soweto noch erwischen will!" Sie winkt der alten Frau zu und hetzt zur Tür hinaus. Ausdauerlaufen liegt ihr mehr im Blut, als der Sprint, den sie nun auf die Straße legt. Der Rucksack springt in wilden Hüpfern über ihren Rücken und die Münzen klimpern in ihren Hosentaschen. Mit schweißnassen Schultern erwischt sie in letzter Sekunde den Bus. Weiter hinten sucht sie sich einen Platz am Fenster. Sie öffnet die Schnalle ihres Rucksacks und zieht die Bücher hervor. „Killing a mockingbird" hat sie bereits in der Schule gelesen, musste das Exemplar aber an die Schulbibliothek zurückgeben. Jetzt besitzt sie ihr eigenes. Bei dem Gedanken macht ihr Herz einen Hüpfer. Aus der Seitentasche zieht sie einen Kugelschreiber, den ihr Alice geschenkt hat, und malt ihren Namen mit großen Buchstaben auf die erste Seite. Sie steckt den Roman zum Schulbuch und fasst nach dem verbliebenen Werk. Mit einem Lächeln auf ihren Lippen betrachtet sie das Cover des schmalbandigen Buches. Ein Riss verläuft von oben rechts bis zur Mitte. Ode streichelt das Bild und

fährt die Linien der Brandung nach. Ein kleiner Junge steht mit
dem Rücken zu ihr und schaut auf das Meer hinaus. Das Bild rührt
an ihrer Seele und das Mädchen drückt das Buch fest an ihre Brust.
Es ist ein Schatz. In ihrer Hütte hingen nur drei Bretter an der
Wand und eines davon beherbergte Odes Bücher, die sie mit Stolz
betrachtete und Argusaugen bewachte. Sobald sie zu Hause ist, wir
sie das neue Buch zu ihrer heiß geliebten Sammlung stellen.

Kapitel 2

Ode verlässt den Bus eine Haltestelle früher und schlüpft in den Kwik-Spa. Dort holt sie sich aus der Kühlung eine Cola und öffnet sie. Es zischt und das Getränk läuft ihr über die Hand. Zwei Jungen, die einen Ball im Sand zwischen sich hin- und her kicken, prusten los, als sie sehen, wie die klebrige Flüssigkeit überall einfließt, nur nicht in Odes Mund.

„Haltet die Klappe!", schnauzt sie die Kinder an und nimmt einen langen Schluck aus der Dose. Nun kommt zu all ihren auferlegten Arbeiten oben drauf noch das Auswaschen ihrer Kleidung. Sie kickt die leere Blechdose in Richtung Mülleimer und stapfte die steinige Straße entlang. Nach Hause zu gehen reihte sich direkt hinter ihrer Liebe zu Fisch und Mathematik ein. In der Vorschule und in den ersten Jahren der weiterführenden Schule freute sie sich, Heim zu kommen. Frisches Essen hatte stets auf dem Tisch gestanden und zu siebt hatten sie sich drum herum gequetscht, gelacht, geredet und gegessen. Je älter sie wurde, desto weniger Lachen hatte die Hütte erfüllt und vermehrter Ärger hatte das Haus in Besitz genommen. Arbeitslosigkeit folgte auf schlecht bezahlte Jobs und ihr Vater ertrank seinen Frust in Selbstgebranntem. Ode kam nach Hause und es stank wie in einer Schnapsfabrik. Je mehr er trank, umso weniger vertraute man ihm Arbeit an. Niemand wollte einen Mann, der den Hammer am Nagel vorbei schwang, beschäftigen. Ode läuft durch die Gassen. Sie schlängelt sich durch die Arbeitnehmer, die aus den feinen Vororten nach Hause zurückkehren. Schweißgeruch schlägt ihr entgegen, der Geruch harter Arbeit liegt in der Luft, schwängert sie und durchtränkt sie. Randburg ist der Inbegriff von Frische, wohingegen dieser Teil von Soweto Armut und Vernachlässigung verströmt. Odes Nase zuckt, als ein weiterer Geruch sich darunter mengt. Es riecht verbrannt. Schon wieder so ein Idiot, der mit Petroleum gezündelt hat, denkt das Mädchen und biegt um die letzte Ecke, bevor sie ihr Haus erreicht. Kaltes Entsetzen fährt ihr in die Glieder, als sie sieht, wie grauer Rauch sich aus ihrer Hütte windet und in den orange-gefärbten Himmel steigt. Zum zweiten Mal an diesem Tag sprintet sie. In Sekundenschnelle hat sie die wenigen Meter bis zu ihrer Hütte überwunden und schubst die Schaulustigen beiseite, die sich davor versammelt haben.

„Glotzt nicht, helft lieber!" Die Nachbarn treten zurück, sie hört wie per Telefon hektisch die Feuerwehr gerufen wird. Ode reißt die Haustüre auf und stürzt ins Innere der Behausung. Im Eingangsbereich ist der Rauch dicht wie eine weiße Wand und Ode hustet.

„Mom? Kinder? Seid ihr hier?" Ihre Stimme bricht. Mit der rechten Hand an der Flurwand tastet sie sich vorwärts. Der Raum öffnet sich zum Schlaf-Esszimmer-Bereich. Rot-gelbe Flammen zucken im dichten Rauch. Der Vorhang, der den Schlafbereich vom restlichen Wohnraum trennt, brennt lichterloh. Ode zieht sich ihr T-Shirt über die Nase, ihr Lunge krampft. Sie tastet sich bis zum Spülbecken vor, zerrt den Wascheimer unter der Spüle hervor und füllt ihn mit kaltem Wasser. Es zischt, als der Inhalt des Eimers auf den entflammten Stoff trifft. Ode wiederholt den Vorgang noch dreimal, dann hält sie es nicht mehr aus und reißt die Hintertüre auf. Sie fällt auf die Steine des Hinterhofes. Der Sauerstoff zieht in die Hütte und facht das Feuer erneut an. Ode krümmt sich. Ein Hustenanfall nach dem nächsten überrollt sie, das Ringen nach Atem fällt ihr immer schwerer.

„Mom? Mom?" Ihr Krächzen ist kaum zu hören. Tränen laufen über ihre verrußten Wangen. Das Mädchen versucht sich am Stamm des Baumes aufzurichten. Ein erneuter Hustenkrampf zwingt sie zurück auf die Knie. Ihre Sicht verschwimmt, wird schwarz. Ode bricht auf dem Hinterhof zusammen und verliert ihr Bewusstsein.

„He, aufwachen!" Ode blinzelt. Ihre Augen sind vom Ruß verklebt. Sie wischt und reibt, bis es juckt.

„Was?" Sie stützt sich auf ihre Ellbogen und sieht sich um.

„Schön, dass du wieder wach bist!" Neben ihr steht ein Mädchen, kaum älter als Ode selbst, und wringt ein Tuch aus.

„Wo bin ich?" Das Mädchen in der Schwesternuniform schenkt ihr ein Lächeln. Sie tunkt den Lappen in eine Waschschüssel und tupft mit langsamen Bewegungen über Odes Gesicht.

„In der Medi-Clinic. Du warst ohnmächtig, als du eingeliefert wurdest." Ode richtet sich auf, schlägt die Decke zurück und schwingt die Beine über die Bettkante.

„Ich kann nicht bleiben, ich habe keine Krankenversicherung." Das Mädchen neben ihrem Bett drückt Ode sanft zurück in die Kissen.

„Du bist ins Staatliche gebracht worden, du kannst in Raten zahlen." Kleine Grübchen bilden sich in ihren Wangen und Odes Blick bleibt an ihren vollen Lippen hängen.

„Ich bin Ode!"

„Mein Name ist Aba und ich arbeite hier als Hilfsschwester." Sie wischt sich die feuchten Hände an der Schürze ab.

„Sind noch andere eingeliefert worden? Meine Mutter oder meine Geschwister?"

Aba schüttelt ihren Kopf, wobei ihre unzähligen Zöpfchen fliegen. „Außer dir war niemand in dem Haus, haben die Sanitäter gesagt." Sie zuckt mit den Schultern. „Die Ärztin schaut sich gleich noch mal die Verbrennungen an, dann kannst du nach Hause gehen." Aba schiebt den Vorhang beiseite, der Odes Bett von den Krankenbetten der anderen Patienten trennt, und läuft den Gang hinunter. Ode sieht sich um und zählt die belegten Betten durch. Mit ihr liegen in diesem Saal fünfzehn Patienten. Auf dem Stuhl neben dem

Bett entdeckt Ode ihre Habe: den Jeansrucksack. Durch Funkenflug verursacht zieren ihn viele schwarze Flecken und Ode dankt ihren Ahnen, dass er sich nicht entzündet hat und verbrannt ist. Sie zieht das Buch mit dem Meeres-Cover heraus und blättert darin.

„Es war einmal ein Junge, der liebte das Meer. So unbändig und unbezähmbar wie die See, wünschte er zu sein. Jeden Tag berührten seine Füße den Saum des Wassers, steckten tief im Sand und verwurzelten sich mit der Natur."

„Was liest du da?" Aba hat sich unbemerkt von Ode dem Bett genähert und steht dort vollbepackt mit Verbänden und Salben. Die Krankenschwester betrachtet das Buch.

„Ist es gut?" Ode zuckt mit den Schultern.

„Keine Ahnung." Röte steigt ihr in die Wangen. „Ich habe es heute erst geschenkt bekommen."

„Wow, das ist toll. Ich liebe Bücher!" An Odes Lippen zupft ein Lächeln. „Ich auch. In Geschichten kann man so super abtauchen und die fiese Welt verschwindet einfach für ein paar Stunden." Aba nickt und ihre Zöpfchen wippen. Ode deutet mit ihrer verbundenen Hand auf Abas Haare. „So eine Frisur mache ich auch immer meiner kleinen Schwester, Nothando heißt sie. Aber nach zwei Stunden Sport in der Schule sieht sie aus, als hätte ich in der Früh nicht stundenlang ihre krausen Haare gebändigt." Über Abas

Lippen perlt ein Lachen, leise und zart, solch einen Laut hat Ode nie zuvor gehört. In ihrer Wohngegend lacht man laut, aus vollem Halse, unterstrichen von mehreren Gläsern Bier oder Schnaps.

„Gut, dass du schon da bist, Aba. Lass uns schnell die Verbände wechseln, dann ist das Bett wieder frei!" Die Ärztin, die hinter der Hilfsschwester herangetreten ist, wirft Ode ein entschuldigendes Lächeln zu. „Tut mir leid, Mädchen, aber hier kann keiner lange liegen. Du hast zwei fitte Beine, bist klar im Kopf - das heißt für mich: ab nach Hause mit dir."

„Wenn das noch stehen sollte", murmelt Ode und seufzt. Mit flinken Fingern wickelt die Ärztin die Verbände ab und entsorgt sie in einen Beutel, der am Bett hängt.

„Das wird wieder. In ein paar Tagen hast du nur noch Rötungen übrig. Die Verbrennungen können ziehen, dann trägst du die Salbe auf, in Ordnung?" Sie schiebt Ode einen Umschlag in die Hand. „Die Kosten belaufen sich auf 499,- Rand. Du hast eine Fallnummer zugewiesen bekommen. Du kannst die Schulden in Raten bezahlen, das kennen wir hier nicht anders, okay?" Sie drückt Odes Schulter mit einem freundlichen Lächeln und wendet sich dem Patienten im Nachbarbett zu.

„Siehst du, alles okay." Aba hockt sich auf die Bettkante und die Matratze gibt unter ihr nach. Ein Hauch von Rosenduft steigt Ode in die Nase. Ihre Hände stecken in Handschuhen, dennoch kommt Ode nicht umhin, die schmalen, langen Finger zu betrachten.

„Hart arbeiten musst du nicht, oder?" Aba runzelt ihre Stirn.

„Wenn du damit Feldarbeit meinst, oder die Arbeit in einer Spülküche, dann nein." Ode wird es ganz schwer um die Brust.

„Tut mir leid, ich wollte dich nicht beleidigen."

„Ist schon gut, ich weiß, was du meinst. Aber hier zu arbeiten, mit all den Gerüchen, die die Kranken verströmen, und dem ganzen Blut und Eiter ..." Ode hebt abwehrend die gesunde Hand.

„Schon gut, schon gut, ich habe verstanden. Ich habe es nicht so gemeint. Es tut mir wirklich leid. Heute ist einfach nicht mein Tag. Bist du schon mit der Schule fertig?" Aba nickt und wickelt einen frischen Verband um Odes Hand.

„Seit letztem Jahr. Dank sei den Ahnen! Ich habe mich hier beworben, weil meine große Schwester auch hier arbeitet und wir gemeinsam zur Arbeit gehen können. Und der Arbeitsplatz ist nicht weit von zu Hause weg." Ode stößt einen lauten Seufzer aus, der Aba veranlasst sanft den Arm des Mädchens zu tätscheln.

„Ich wünschte mir, nicht immer nach Randburg rausfahren zu müssen. Aber die Bezahlung ist unschlagbar. Und als

Alleinversorger habe ich gar keine Wahl." Aba schneidet ein Stück Klebepflaster von der Rolle ab.

„So, jetzt verrutscht dir auch nichts mehr! Ich habe wenigstens noch meine Schwester, die Geld hinzuverdient. Meine Eltern haben uns Kinder bei Ugogo abgegeben, als wir noch ganz klein waren." Ihr Lächeln verrutscht.

„Eish." Damit ist für Ode alles gesagt. Abas Schicksal ist eines von tausenden, dass sich jeden Tag von Neuem wiederholt. Nichts Besonderes mehr, Alltag. Trotzdem hängt sie noch ein *Sorry* dran. Aus einem unerfindlichen Grund geht ihr Abas Geschichte nah. Ode horcht in sich hinein, findet in dem Wirrwarr ihrer Emotionen aber keinen Grund.

„Ist schon gut", meint Aba. „Ich habe meine Eltern schon ewig nicht mehr gesehen. Ugogo ist jetzt alles für mich. Ich liebe sie so sehr." Sie hebt den Daumen und aus ihrem Mund perlt ihr sanftes Lachen. „Möchtest du das Buch ausleihen?", platzt es aus Ode heraus. Warum hatte sie das gefragt? Das Mädchen runzelt die Stirn und schaut an Aba vorbei. Diese nickt.

„Das wäre super! Ich gebe es dir auch zurück. So in ... in drei Tagen?" Die Röte auf Odes Wangen vertieft sich.

„Ja klar." Aba wendet sich zum Gehen.

„Ich freue mich!" Ode läuft eine Schweißperle über die Stirn.

„Ähm, aber wo?" Aha dreht sich zu dem Mädchen um.

„Vor dem Haupteingang?", schlägt sie vor und dieses Mal hebt Ode den Daumen.

„Gute Idee, bis dann! Und danke für die Verbände!" Aba winkt zum Abschied und steckt das Buch in ihre Schürze.

„Bis dann!", hustet Ode und spuckt Ruß auf das Kopfkissen. Sie schwingt ihre Beine aus dem Bett und schnürt die Sneaker. In minutenschnelle verlässt sie die Medi-Clinic. Ihre Sorge um die Familie lässt sie in einen schnellen Laufschritt verfallen. Doch die Erinnerung an Abas Grübchen hat sich in dem hintersten Winkel ihres Kopfes eingenistet.

Der Husten schüttelt das Mädchen heftig durch und sie nimmt von dem schnellen Tempo Abstand. Sie läuft die abschüssige Straße herunter, wildeste Gedanken purzeln in ihrem Kopf durcheinander. Ein Motorengeräusch lässt sie aufblicken. Das kenne ich doch, denkt sie sich, und dreht sich um. Ein auf Hochglanz poliertes Motorrad flitzt die Main-Road herunter, ihr entgegen. Sie reißt die Hand hoch. „Thomas! Thomas!" Sie winkt und springt gleichzeitig, um den Motorradfahrer auf sich aufmerksam zu machen. Ihre Taktik geht auf und das Motorrad drosselt das Tempo und hält neben ihr am Bordstein.

„Kannst du mich mit nach Hause nehmen? Bitte!" Ode legt ihre gesamte Überzeugungskraft in ihre Mimik und Stimme. „In unserem Haus hat es gebrannt, ich muss schnell hin!" Der Junge mit den Locken, die in alle Richtungen springen, nickt.

„Hops auf." Ode klettert hinter ihm auf den Sitz und klammert sich an Thomas Hüfte fest. Der Freund ihres Bruders Mandla tritt aufs Gas und die Maschine macht einen Satz nach vorn. Ode beißt sich auf die Lippe, Blut quillt hervor. Der Sechzehnjährige fädelt sich in den Verkehr ein, überholt an den unmöglichsten Stellen und Odes Magen hebt sich. Nicht kotzen, denkt sie und presst die blutigen Lippen fest aufeinander. Thomas lässt den Motor aufheulen und rast von der Main-Road herunter, hinein in die schmalen Gassen Sowetos. Mit einer Vollbremsung und einer halben Drehung des Motorrades kommen sie zehn Minuten später vor der Hütte zum Stehen. Ode springt ab und stößt die halboffene Tür auf. Thomas lehnt das Fahrzeug an die verrußte Hauswand. Ode hört, dass er hinter ihr das Haus betritt. Im Inneren ist es dunkel und nass. Die wenigen Möbel und Gegenstände sind von einer dicken Schicht Schaum bedeckt und ein lautes Schluchzen bahnt sich seinen Weg durch ihre Kehle.

„Das kann doch einfach nicht wahr sein!" Ihr Blick fällt durch das schlanke Fenster der Hintertür. Unter den ausladenden Ästen sieht sie ihre Mutter hocken, in den Armen hält sie Nothando. Neben ihr hocken auf dem niedrigen Mäuerchen, dass den Stamm umgibt, Mandla, Philani und Olwethu, ihre Brüder. Ode atmet laut aus.

Tränen sammeln sich in ihren Augenwinkeln. Mit ihrer Schulter schiebt sie Tür zum Hof auf.

„Ihr lebt! Geht es euch gut?" Nacheinander nicken ihre Brüder, ihre Schwester hat den Kopf zwischen den Brüsten der Mutter vergraben. „Wo wart ihr? Ich war hier, ich habe versucht, zu löschen ..."

„Geschafft hast du es nicht", murmelt Nomandia in das Haar ihrer jüngeren Tochter. Ode erstarrt, ihr Herz schwer wie ein Stein.

„Ich bin die Einzige hier, die es überhaupt versucht hat. Los steht auf, bewegt euch, wir müssen aufräumen und sauber machen! Wie konnte das überhaupt passieren?" Ihr Blick bleibt an Nomandia hängen, die die Steine zu ihren Füßen betrachtet. „Mutter? Hast du geraucht und bist eingeschlafen?" Die Frau am Boden schüttelt heftig ihren Kopf.

„Ich habe sie ausgedrückt, bevor ich zu den Shops gegangen bin, stimmt's Nothando?"

„Halt die Kleine daraus!", ätzt Ode und dreht sich um. Ihre Blicke treffen auf Thomas. „Danke fürs Fahren!"

„Kein Problem. Mandla, kommst du mit?" Ode verschränkt die Arme. „Ein Teufel tut er. Der hilft jetzt aufräumen, geh' alleine Drogen verkaufen oder was ihr sonst gerade so plant." Thomas lacht laut heraus.

„Du gefällst mir, du wärst eine tolle Braut für mich!"

„Mach, dass du rauskommst!" Ode blitzt den Jungen an. Die Wut schnürt ihr den Hals zu. „Ich entscheide immer noch, wessen Braut ich werde, klar?"

„Klar." Im Rückwärtsgang verlässt Thomas das Haus und Ode entfährt ein Schnauben.

„Was bildet der sich ein?" Mandla wirft ihr einen Blick von der Seite zu.

„Du bist doch heiratsfähig."

„Ich habe noch nicht einmal die Schule fertig!", blafft Ode zurück und holt einen Eimer und den Besen. „Schaut, was zu retten ist. Wir sammeln alles im Hof, säubern es dort und lassen es dann bis morgen trocknen." Ohne auf die Zustimmung der anderen zu warten, zupft sie die Reste des Vorhangs von der Stange und wirft sie in den Müll. Ein Stück Himmel blitzt durch das Wellblech. „Nicht das auch noch. Mandla, du musst aufs Dach, die Pappe flicken. Wenn wir einen Sommerregen bekommen, schwimmen wir weg." Mandla verzieht das Gesicht, als hätte er Zahnschmerzen.

„Ja, Sis, bin dabei. Ich hole vom Shop eine Leiter und Plastiksäcke, das müsste fürs Erste funktionieren. Bis später!" Er setzt sich ein Basecap auf die krausen Haare und verschwindet durch die

Vordertüre. Ode bückt sich und stapelt die Schlafmatten aufeinander. Das Wasser macht sie schwer und unhandlich und Ode stöhnt, als sie die sechs Matten nach draußen ins Freie zerrt. Unter der Akazie breitet sie Unterlagen aus. Nothando tritt neben sie.

„Ich schrubbe sie, Liyana." Das Mädchen, das Ode gerade bis zur Brust geht, schnappt sich den Besen und den Eimer und beginnt die Matten zu schrubben.

„Danke, Kleines." Sie ist im Begriff hineinzugehen, da dreht sie sich um und kniet sich vor ihre Schwester. „Mein Herz, du weißt, dass du an dem Brand keine Schuld hast, oder?" Nothando betrachtet ihre verstaubten Füße. Ode pickt sie in die Schulter. „Sieh mich an! Du hast keine Schuld!" Odes Schwester hebt den Kopf, Tränen laufen über ihr verschmutztes Gesicht. Sie lässt den Besen und den Eimer fallen und stürzt sich in Odes Arme.

„Ich hätte noch einmal reingehen sollen. Ich hätte kontrollieren müssen, dass Mama ihre Zigarette ausgedrückt hast." Ode schiebt das Mädchen ein Stück von sich fort und legt ihren Zeigefinger an das Kinn des Kindes.

„Du bist nicht verantwortlich. Du bist ein Kind, verdammt noch einmal." Die Kleine schluchzt.

„Bitte schimpf nicht mit Mama, bitte, bitte." Ode seufzt in sich hinein.

„Im Gegensatz zu dir ist sie verantwortlich. Sie ist die Erwachsene im Haus. Es sollte sie kümmern ..." Ode streichelt Nothando über den Kopf. „Okay, ich werde nicht schimpfen. Nur ein paar klare Worte sagen, versprochen." Sie zieht das Mädchen an ihre Brust. „So du kleiner Tokoloshe, ab an die Arbeit!" Das Mädchen runzelt die Stirn.

„Ich bin kein Tokoloshe!"

„Natürlich nicht, du bist meine Lieblingsschwester!" Ode drückt Nothando einen Kuss auf den Scheitel und begibt sich ins Innere der Hütte. „Wo fange ich denn jetzt an?" Sie zieht sich den Rucksack von den Schultern und hängt ihn am Eingang an den einzigen Haken. Sie streift die Sneaker von den Füßen.

„He, Sis, komm mal rüber!" Ode schaut in die Richtung aus der Philanis Stimme kommt.

„Was gibt es?" Ihre Füße quatschen durch den Schaum. Ihr Bruder steht im hinteren Bereich der Hütte, der ihr Schlafraum gewesen ist. Sein Finger deutet auf die Stelle an der Wand über Odes Schlafplatz.

„Was ...", setzt sie dann, dann stockt ihr Herz. Das Regal hängt nicht mehr. Ode stürzt auf ihre Hände und Knie und schaufelt die Schaumschichten beiseite. Ihre Finger ertasten durchweichtes Papier. Nacheinander zieht sie ihre Schätze aus der Nässe. Zum größten Teil verkohlt zerfallen sie zwischen Odes Fingern. Die Nässe hat den verbrannten Büchern den Todesstoß gegeben. Zur Unkenntlichkeit zerstört verteilen sich die Reste um Ode. Laut schluchzt sie auf. Philani tritt von einem auf den anderen Fuß.

„Es tut mir leid", murmelt der vierzehnjährige Junge. Er bückt sich nach der verstreuten Kleidung am Boden. „Ich bringe die Sachen mal zum Waschen und Trocknen raus." Er huscht an Ode vorbei und überlässt sie ihrem Schmerz. In den Ohren des Mädchens rauscht es. Ein stechender Schmerz zuckt durch ihre linke Schläfe. Sie schüttelt ihren Kopf, das Haar fällt ihr wirr über die Schultern. In ihrem Bauch hat sich ein riesiges, tiefes Loch gebildet. Ihr Schatz ist fort, für immer. Sie rafft die Reste zusammen, erhebt sich und läuft zur Tür. Draußen knallt sie die zerstörten Bücher ihrer Mutter vor die Füße.

„Das ist alleine deine schuld!" Sie bohrt ihren Zeigefinger in die Brust der Mutter, die gerade das Geschirr in der Schüssel abwäscht. Nomandia schlägt Odes Hand weg.

„Das waren nur Bücher!" Odes Herz schlägt ihr hoch im Hals.

„Das war alles, was ich hatte. Du weißt, wie wichtig mir meine Bücher waren."

„Jammer nicht! Geh wieder an die Arbeit, bald wird es dunkel und es ist noch viel zu tun." Die Mutter wendet sich von Ode ab. Das

Mädchen durchfahren heiße und kalte Schauer gleichermaßen. Ihr fehlen die Worte, ihr Kopf brüllt. Sie verschränkt die Arme vor der Brust und wendet sich von Nomandia ab. Sie kann den Anblick der Mutter nicht mehr ertragen.

Vor der Hütte rutscht sie an der Außenwand herab und hockt sich auf den von der Sonne erwärmten Boden. Ihre Tränen versiegen, doch tief in ihr tobt der Schmerz. Der Verlust ist zu hoch.

„Aba würde mich verstehen", flüstert sie der Echse zu, die die Gasse überquert. Ein kleiner Teil des Schmerzes in ihrem Inneren wird von einem neuen Gefühl abgelöst: dem Wunsch, die Hilfskrankenschwester wieder zu sehen.

Kapitel 3

Die Schulstunden dehnen sich ins Unendliche an diesem Montagmorgen und Ode springt beim letzten Klingeln auf, schnappt sich ihren Rucksack und sprintet über den Schulhof zum Bus.

„He!" Der Junge aus der siebten Klasse boxt in ihre Richtung, als sie ihn mit dem Rucksack erwischt.

„Sorry!", bellt sie über die Schulter und hastet weiter. Von der Madiba-High sind es nur sieben Kilometer bis zur Medi-Clinic.

„Wo willst du denn so schnell hin?", ruft ihr Kuale, ihre Klassenkameradin, hinterher.

„Zum Krankenhaus!" Das „Viel Glück" ignoriert Ode und läuft weiter. Wenn sie die Abkürzung über die Bahnlinie nimmt, ist sie in in dreißig Minuten an der Klinik. Im Lauf zerrt sie die Gurte des Rucksacks fester. Der Gestank von ungefilterten Abgasen schwängert die Luft. Roter Dunst liegt über Soweto, der rote Sand, der alles umgibt und bedeckt. Rot, die Farbe der Townships. So rot wie ihre Geschichte. Ode umrundet das Hector-Pieterson-Memorial und hastet auf der anderen Seite weiter. Die buntbemalten Soweto Towers fallen hinter ihr zurück. Sie ignoriert die rote Ampel an der dreispurigen Kreuzung und läuft quer auf die gegenüberliegende Seite. An der nächsten Ecke kann sie nicht länger anhalten, die Blase ist voll, sie bleibt stehen, um zu schauen, welche Toilette nicht besetzt ist. In der Gasse, die von der großen Straße abgeht, reihen sich zehn gemauerte öffentliche Toiletten aneinander. Die vierte ist frei und Ode schlägt die Tür hinter sich. Der Riegel fällt vor und das Mädchen hält sich die Nase zu. Der Gestank ist bestialisch. Die Wände sind von Unrat verschmiert, der Urin steht in der Schüssel, der Abfluss ist verstopft mit Müll.

„Scheiße!" Ohne sich zu setzen, pinkelt Ode oben auf die bereits gefüllte Kloschüssel. „Das ist so ekelhaft."

„Mir egal, Mädchen! Komm da raus, ich muss auch mal!" Ode schiebt den Riegel zurück und stolpert raus, einem bulligen Mann vor die Füße. Seine dunkelbraunen Augen fahren über Odes Körper, schützend kreuzt sie die Hände vor der Brust.

„Wenn ich nicht so dringend da rein müsste, wärst du ein netter Zeitvertreib!" Er will Ode an den Hintern fassen. Mit einem Schritt zur Seite weicht sie der Hand aus und rennt zurück zur großen Straße. Ihre Lunge brennt, als sie die Toreinfahrt zur Klinik erreicht. Das grüngestrichene Gate öffnet sich mit einem leisen Rattern. Ein Security-Guard winkt sie zu sich.

„Unterschreib hier. Dein Name schön leserlich. Hier hinten trägst du ein, auf welche Station du willst."

„Ich treffe nur eine Hilfsschwester. Ihr Name ist Aba. Vor dem Haupteingang wartet sie auf mich." Der Blick des Mannes bohrt sich in ihren.

„Warte einen Moment!" Er geht zurück in sein Wärterhäuschen und Ode hört ihn telefonieren. Zwei Minuten später kommt er heraus.

„Deine Aussage wurde bestätigt. Du gehst nicht in die Klinik. Du wartest vor dem Haupteingang." Ode nickt und unterschreibt den Bogen. „Danke!" Die Straße teilt sich auf. Links führt der Weg hinauf zur Klinik, auf der anderen Seite wieder herab. In der Mitte leuchten Blumen in einem Beet, das von einem Gärtner gewässert wird. Das Spritzwasser weht ihr ins Gesicht, eine willkommene Erfrischung. Ode verteilt das kühle Nass auf Wangen und Nacken und umrundet das Rondell. Oben parkt ein Taxi, aus dem sich eine Hochschwangere hievt. Der Rollstuhl steht bereit. Aba hilft der Frau hinein. Sie winkt Ode kurz zu und schiebt die Frau die Rampe hinauf. Das Taxi verlässt das Klinikgelände und Ode schüttelt den Kopf. Kein Mann, kein Freund, der der Frau durch die Wehen hilft und sich mit der Gebärenden auf den neuen Erdenbürger freut. Sie hockt sich auf die Stufen neben die Rampe. Die Säule, die das Vordach stützt, spendet einen schmalen Streifen Schatten. Ode lehnt sich an den Stein und schließt die Augen, ihren Rucksack klemmt sie zwischen den Knien ein. Viele Kinder in Soweto kamen ohne Väter auf die Welt. Ihre Tante hatte vier Kinder von vier Vätern bekommen. Einvernehmlich, was nicht selbstverständlich ist. Gewalt beherrscht die Straßen von Soweto, Vergewaltigungen sind an der Tagesordnung.

„Tut mir leid, dass du so lange warten musstest. Ich habe die Frau noch in den Geburtssaal gebracht und gewartet, dass eine Schwester kommt und übernimmt. Geburten darf ich nicht durchführen. Noch nicht." Ode hört das Lächeln in Abas Stimme, ohne es sehen zu müssen. Es raschelt neben ihr, Aba hat sich neben sie gehockt. Ode öffnet langsam ihre Augen.

„Kein Problem, ich habe die Sonne genossen."

„Hast du Durst?" Aba sieht sie unter hochgezogenen Augenbrauen an. „Ja, sehr." Aba zieht eine 500ml-Flasche aus der Schürze und reicht sie Ode.

„Habe ich mir gedacht. Bei Kaltgetränken und Kaffee darf ich mich so oft ich will bedienen." Ode sieht sie aus großen Augen an.

„Wow, das ist toll!" Sie nimmt drei große Schlucke und wischt sich mit dem Handrücken über den Mund.

„Behalt sie."

„Danke." Ode steckt die Flasche in ihren Rucksack.

„Wie geht es deinen Verbrennungen?" Aba betrachtet die verdreckten Verbände, die Ode kein einziges Mal gewechselt hat, mit gerunzelter Stirn.

„Ganz okay." Ode nagt an ihrer Unterlippe. „Ich hatte keine Zeit, wir mussten das Haus aufräumen", fügt sie leise hinzu. „Ich habe die Wunden einfach vergessen." Aba beugt sich vor.

„Dann lass mich mal sehen." Ohne eine Antwort abzuwarten, beugt sie sich vor und löst den Verband von Odes Arm. Dabei kommt sie Ode so nah, dass ihr Rosenduft in die Nase steigt. Es kribbelt in ihrer Bauchgegend. Das Mädchen lehnt sich der Hilfsschwester ein winziges Stück entgegen, einen solchen Wohlgeruch hatte sie schon lange nicht mehr in er Nase. Aba grinst und die Grübchen tanzen sich in ihre Wangen.

„Stehst du auf Verbandwechsel?"

„Nein, auf deinen Duft." Die Worte sind schneller heraus, als Ode sie bereuen kann. Röte wandert ihre Wangenknochen hinauf, über den Nasenrücken, und verschwindet in ihren dichten Augenbrauen.

„Ach so", sagt Aba. Mehr nicht. Dafür ist Ode sehr dankbar. Sie schweigen, während die Hilfskrankenschwester die Brandwunden betrachtet. „Wir lassen da jetzt Sauerstoff dran. Du brauchst keine neuen Verbände. Sollen wir ein Stück gehen? Ich habe noch eine halbe Stunde Zeit, dann muss ich wieder rein."

„Klar. Wieso hast du soviel Pause?"

„Habe ich nicht, meine Schwester geht einfach nicht in Pause und arbeitet meine Patienten mit ab."

„Puh, das ist wirklich nett." Ode weiß nicht, wie sie reagieren soll. Wieso opfert eine Fremde ihre freie Zeit für jemanden wie sie? Die beiden umrunden das Gebäude. Ein schmaler gepflasterter Weg führt durch dichtes Buschwerk, bis sich hinter der Klinik eine Fuß-ballfeld-große Rasenfläche eröffnet, auf der versprengt weiße Gartenstühle stehen und zum Verweilen einladen.

„Wir sind zwar ein staatliches Krankenhaus, aber dies ist ein ehe-maliges Kolonialgebäude. Ein schöner Garten für unsere Patienten, oder?" Ode steht der Mund offen. Mitten in Soweto existieren keine Oasen!, denkt Ode und schüttelt den Kopf.

„Lass uns da drüben hinsetzen." Aba steuert zwei Stühle an, die im Schatten eines großen Busches mit rosa Blüten stehen. Sie setzt sich und schlägt die Beine eine übereinander. Ode plumpst auf den an-deren Stuhl und lässt den Rucksack ins Gras gleiten.

„Es tut mir leid, dass ihr ein Feuer im Haus hattet. Konntet ihr alles retten?"

„Nein, meine Bücher wurden alle zerstört", platzt es aus Ode heraus. „Meine Schulbücher verstaue ich im Spind in der Schule, aber
meine geliebten Romane sind alle im Müll gelandet." Tränen steigen in dem Mädchen auf. Aba legt ihre weiche Hand auf Odes und
streichelt sanft über ihren Handrücken.

„Das tut mir so leid. Wenn du Bücher genauso sehr liebst wie ich,
dann muss es schrecklich für dich sein." Abas Mitgefühl schwappt
zu Ode herüber.

„Sie waren alles, was ich hatte. An Besitz meine ich. Meine Mutter
versteht mich nicht. Wie immer." Ode wischt sich über die Augen.
„Tut mir leid, dass ich so rum heule."

„Bei mir ist das völlig in Ordnung. Ich mag es nicht, wenn Leute
ihre Gefühle verstecken. Vor allem nicht hinter Drogen und Alkohol."

„Ich auch nicht. Mein Vater war so einer. Er hat seinen ganzen
Frust und Ärger in Schnaps ertränkt. Mutter wollte mit ihm darüber sprechen, das hat er nicht zugelassen. Er hat angefangen sie
zu schlagen, anstatt mit ihr zu reden. Niemand hat ihm mehr Arbeit geben wollen. Natürlich nicht. Einem Betrunkenen würde ich
auch nichts anvertrauen. Eines Tages ist er dann einfach nicht mehr
nach Hause gekommen. Ich meine, ihn vor einem Jahr mal vor der
Schule gesehen zu haben. Wie eine Wilde bin ich zum Gate gerannt, aber als ich ankam war er weg. Wieso hat er. Nicht

gewartet?" Ode presst die Lippen fest aufeinander und starrt zu den Patienten hinüber, die eben aus dem Hauptgebäude getreten sind. „Lächerlich, diese Hemdchen", sagt sie um von ihrem Geständnis abzulenken. Noch nie zuvor hat sie jemandem von ihrem Vater erzählt. Von dem Mann, den sie als kleines Mädchen vergöttert hat.

„Die Hemdchen sind ganz nützlich. Einige Patienten kommen hier völlig verdreckt an, so wie du", neckt Aba Ode. Die streckt der anderen die Zunge heraus, wird aber im gleichen Moment ernst.

„Ich weiß nicht warum ich all die Dinge sage, ich rede sonst nicht viel. Aber bei dir ..." Aba schenkt ihr ein breites Lächeln. Sie zieht das Buch aus ihrer Schürze und reicht es Ode.

„Ich unterhalte mich gerne mit Menschen, die einen so guten Buchgeschmack haben." Sie runzelt gespielt die Stirn und an Odes Lippen zupft ein Grinsen, das sich schnell ausbreitet.

„Ich kenne außer dir niemanden, der so gerne liest wie ich. Also auch niemand anderen mit einem super Buchgeschmack." Ode zieht die Augenbrauen hoch.

„Im Ernst? So jemand wie du hat doch bestimmt hundert Freunde?" Aba schüttelt ihren Kopf und die Zöpfe fliegen.

„Nein. Ich bin lieber für mich. Nach einem langen Tag im Kranken-haus brauche ich Ruhe." Sie schlägt die Hand vor den Mund. „Oh mein Gott, ich höre mich an wie eine alte Frau!" Ode prustet los.

„Stimmt, aber das ist besser als dieses Aufgeplustere von den Jungs in der Schule. „Hey Babe, willst du heute Abend mein Chick' sein?", ahmt sie ihre Klassenkameraden nach und Aba hält sich den Bauch vor Lachen.

„Du solltest in die Theater-AG gehen!"

„Da habe ich keine Zeit für." Ode erhebt sich. „Ich glaube, du musst gehen. Da hinten winkt eine Frau wie eine Irre." Aba springt von ihrem Stuhl auf.

„Das ist meine Schwester. Ich muss los!" Sie legt ihren Kopf schief, dann zieht sie Ode in eine weiche Umarmung und drückt ihr einen zarten Kuss auf die Wange.

„Kommst du morgen wieder her?" Ode stecken die Worte zur Ant-wort im Hals.

„Hmhm."

„Super, dann bis morgen!" Aba dreht sich um und läuft über den kurz geschnittenen Buffalo-Rasen zurück zum Klinikgebäude und verschwindet Sekunden später im Inneren.

Odes Gedanken tanzen Kwaito. Sie trabt den Pfad zurück zum Eingangstor und das Gate öffnet sich für sie. Sie überquert die Schiene für die Rollen und augenblicklich schlägt ihre Welt wieder über ihr zusammen. Hupen, Abgase, Stimmengewirr und über allem liegt ein roter Dunst. Ode lässt sich von ihm einhüllen. Er dämpft ihre Gefühle und dafür ist sie dankbar. Anstatt bis zur Kliptown-Station vorzulaufen, steigt sie bereits eine Haltestelle früher in den Bus. Montag ist ihr freier Tag und sie muss nicht zum Fisch-Restaurant. Dafür stecken in ihrer Tasche eine Liste und Geld. Die Rand-Scheine brennen in ihrer Gesäßtasche.

„Nimm es!", hatte Mandla am Abend zuvor gesagt und es ihr zugesteckt. „Es ist dreckig", war Odes Antwort gewesen und sie hatte die Nase über das Drogen-Geld gerümpft.

„Was du verdienst, brauchen wir für Lebensmittel. Wir benötigen nach dem Brand aber viel mehr und du gehst einkaufen." Damit war für ihren Bruder das Thema erledigt und er hatte sich dem Mielie Pap zugewandt. Am De La Rey springt Ode aus dem Bus und läuft über den Parkplatz. Das Mädchen zieht einen Einkaufswagen aus dem Häuschen und geht zur Ladentür. Die Hitze wird ausgesperrt und Ode atmet auf. Das Geschäft für Heimwerker hat sie in ihrem Leben erst zweimal betreten, die Waren in den Regalen überschreiten selbst ihr kleinstes Budget. Ihre Augen wandern an die Decke, wo an zwei Meter langen Kettengliedern Hinweisschilder hängen. Bevor sie realisieren kann, was passiert, haben sich große Hände über ihre Augen gelegt und halten sie zu. Ohne nachzudenken, fährt sie ihren Ellbogen aus und stößt ihn nach hinten. Sie trifft auf Rippen.

„Autsch, Sis!" Ode fährt herum sieht zu dem jüngeren Mann hoch, der sie um einen Kopf überragt.

„Philani, was machst du hier?" Ode schubst ihren Bruder von sich. „Du kannst dich doch nicht einfach von hinten an mich anschleichen. Stell dir vor, ich hätte ein Messer dabei!" Über Philanis Gesicht hüpft ein breites Grinsen.

„Du solltest wirklich ein Messer dabeihaben. Außerdem habe ich gepfiffen, was du offenbar nicht gehört hast." Ode lenkt den Einkaufswagen in die nächste Reihe und lässt ihren Bruder stehen. Sie hört seine Schritte auf dem Linoleum direkt hinter ihr. Ode bleibt abrupt stehen und dreht sich zu Philani um.

„Was willst du? Willst du mich kontrollieren? Hat Mandla dich geschickt? Woher wusstest du, wann ich komme?"

„Wusste ich nicht." Er vergräbt seine Hände in den Hosentaschen. „Ich habe einfach seit der Mittagszeit, seitdem du Schule aus hattest, vor dem Eingang rumgegammelt." Ode wirft ihm einen schrägen Blick zu. „Du meinst, Du hast Drogen verdickt." Philani zuckt mit den Schultern. „Wenn schon ... Wo bist du überhaupt gewesen?" Ode greift nach einer Packung mit acht Zentimeter langen Nägeln der Hausmarke und legt sie in den Wagen.

„Ich war in der Medi-Clinic." Sie schiebt den Wagen in den nächsten Gang und betrachtet die Waren.

„Was wolltest du da?" Philani zieht aus dem obersten Fach zwei Rollen Gaffa-Tape und wirft sie in den Wagen.

„Die können wir uns nicht leisten."

„Doch können wir." Ihr Bruder zwinkert ihr zu und verschwindet in der nächsten Reihe.

„Los komm, wir lassen uns die Dachpappe zuschneiden." Odes Magen hebt sich, als sie im Kopf die Beträge zusammenrechnet. Von der Achterbahnfahrt ihrer Gefühle wird ihr schlecht und sie muss aufstoßen.

„Nach der Schule habe ich mich mit Kuale verquatscht." Warum rechtfertige ich mich überhaupt, denkt Ode und beißt auf ihre Unterlippe.

"Ich habe meinen Verband kontrollieren lassen!", spinnt sie die Geschichte fort.

„Machen die das da umsonst?" Ode verzieht das Gesicht.

„Nein, natürlich nicht. Deshalb habe ich den Verband selbst entfernt und weggeworfen." Sie hält ihrem Bruder den Arm hin, der einen kurzen Blick auf die Brandwunde wirft.

„Sieht doch gut aus. Stich dir ein Tattoo drum herum, dann sieht man es auch nicht mehr." Ode betrachtet ihren Arm, während sie an der Schneidemaschine darauf warten, dran zu kommen.

„Ist es so schlimm?" Philani kneift sie in den Oberarm.

„Sieht okay aus, aber mit einem Tattoo wärst du super cool!" Ode blitzt ihren vierzehnjährigen Bruder an.

„Redet ihr so, wenn ihr Drogen an Gleichaltrige verkauft?" Ihr Bruder sieht sie von oben herab an.

„Ist doch egal, Hauptsache wir haben Geld." Ode stemmt ihre Fäuste in die Hüften.

„Beende lieber die Schule. Lern was Vernünftiges. Wenn du dealst, wirst du eines Tages noch erschossen." Tränen treten ihr in die Augen und sie wendet sich ab.

„Passiert schon nicht." Bevor das Mädchen ihrem Bruder eine gepfefferte Antwort geben kann zum Thema Kriminalität und Gewalt im Township, sind sie die nächsten in der Reihe. Für ein paar Minuten lauscht Ode dem Geräusch der Schneidemaschine. Philani lässt sich mehrere Meter Dachpappe zurechtschneiden. Damit wird nicht nur das Loch abgedeckt, sondern gleich größere Teile des Daches werden geflickt. Sie würden den nächsten Winter besser überstehen als den letzten. Eng beieinander hatten sie sich um eine Petroleumlampe gedrängelt, in der Hoffnung, wenigstens ein kleines bisschen Wärme aufsaugen zu können. Dicht aneinander gekuschelt hatten sie sich in den Schlaf gezittert. Obwohl sie mit Handschuhen und Schals bekleidet gewesen waren. Ode schüttelt sich bei der Erinnerung. Philani rollt die Pappen auf und schiebt ein Gummiband drüber.

„So, jetzt noch in die Abteilung für Malersachen." Philani knurrt in sich hinein, folgt Ode aber. Niemand von ihnen mag die grauen Decken. Ihre Bestimmung ist normalerweise auch, große Flächen abzudecken und vor Farbspritzern zu schützen. Die Familie Mabuza schlief unter ihnen. Sie kratzten auf der Haut und rochen unangenehm nach Kunstfasern. Ode zuckt mit den Schultern. Für Schlafdecken reicht das Geld nicht, sie brauchen noch Matten und die machen den größten Batzen aus. Sie lädt sechs der Malerdecken in den Wagen und seufzt. Am Ende des Ganges lädt sie einen Eimer mit gelber Farbe, die ist im Preis reduziert, und eine Malerrolle ein. Auf dem Weg zur Kasse, stupst sie ihr Bruder in die Seite, dass Ode ins Stolpern gerät.

„Ich habe eine Idee."

„Von deinen Ideen will ich nichts hören, die sind beschissen!" Ode blitzt ihren Bruder von unten herauf an. Philani verschränkt die Arme und bleibt stehen.

„Ich hasse diese Decken. Lass uns drüben beim Pick 'n Pay echte Decken kaufen. Die Matten holen wir uns so. Wir gehen von hinten ins Möbelhaus, geben uns als Lieferanten aus und nehmen uns einfach Unterlagen mit. Ich mache es auch alleine, du musst nicht mit reinkommen." Aus großen Augen sieht er seine Schwester an. Ode erwidert seinen Blick und fühlt sich an Nachbars-Hund erinnert.

„Nein! Und dabei bleibt es!" Philani pustet laut die Luft aus. Er hebt zum Sprechen an, beißt dann die Kiefer aufeinander und stellt sich in die Reihe an der Kasse. Ode atmet leise aus

Schweigend bezahlen die Geschwister und Ode rollt den Wagen hinaus. Gluthitze empfängt sie. „Hol du die Matten, ich warte hier auf dich. Wir können da nicht mit dem Einkaufswagen rein." Philani nickt und joggt zum Möbelhaus, das direkt auf der anderen Straßenseite liegt. Eine Viertelstunde später sieht Ode ihn aus dem Laden kommen, in beiden Händen riesige Tüten. Sie hievt ihre Einkaufstüten aus dem Wagen und läuft ihrem Bruder entgegen.

„Sei froh, dass ich gekommen bin, das hättest du nie alleine tragen können." Nebeneinander laufen die beiden zwischen den geparkten Autos entlang zur Bushaltestelle.

„Ich denke schon. Die Decken hätte ich auf dem Kopf balanciert. Was mit Eimern geht, funktioniert auch mit anderen Sachen." Sie geben die letzten Rand für Bustickets aus und fahren nach Hause.

Der Anblick ihrer Hütte versetzt Ode einen Stich. Der Brand hat ihr Zuhause gezeichnet. Nicht zu vergleichen mit den Villen in Sandton oder Randburg, aber diese zusammengeschusterte Hütte aus Backsteinen, Pappen und Wellblechen war ihr zu Hause. Ist es immer noch. Eingenommen von Ruß und Schaum. Ode hat das Gefühl, die Hütte zurückerobern zu müssen. Mit den Tüten drückt sie die Türe auf. „Wir sind zu Hause, wir können loslegen. Wir haben bestimmt noch zwei Stunden Zeit bevor es dunkel wird." Mandla nimmt ihr zwei Tüten ab und nickt.

„Wir haben noch die Leiter. Ich steige mit Olwethu rauf und repariere das Dach. Philani, du streichst, du bist der Größte von uns. Nothando, mach die Betten, okay?" Ode reibt sich den Bizeps. Die zehn Liter Farbeimer haben ihre Muskeln krampfen lassen. Sie schaut hinaus in den Hinterhof. Ihre Mutter steht am Feuer und kocht das Abendessen. Hähnchenduft steigt ihr in die Nase und Wasser läuft ihr im Mund zusammen. Ode fällt auf, dass sie den ganzen Tag noch nicht gegessen hat. Sie schiebt die Türe auf und stellt sich neben Nomandia. Die Schnapsfahne hat sie bereits an der Schwelle gerochen. Sie legt ihren Arm um den gekrümmten Rücken ihrer Mutter.

„Bald ist dein Geburtstag, Mom. Was wünscht du dir?" Bitte sag nicht Zigaretten oder Alkohol, betet Ode innerlich und sieht ihre Mutter an. Diese scheint mit ihren Gedanken weit weg zu sein. Nach einer langen Minute antwortet sie auf Odes Frage ohne vom Topf aufzusehen.

„Ein Kopftuch wäre schön. Eines mit unseren traditionellen Farben. Vielleicht mit eingewebten Glasperlen? Das kann ich dann zu Festen und anderen Feierlichkeiten tragen." Sie nickt zu sich selbst.

„Das ist ein schöner Wunsch, Mom." Ode hat einen Laden vor Augen in dem sie solches Tuch kaufen kann. Im Nachbar-Township haben sich zwei Schwestern zusammengetan und den kleinen Shop eröffnet. Letzten Monat hatten sie Handtaschen in Ndebele-Farben, vielleicht gab es dort auch Kopftücher in den Farben der Zulu. Nomandia tastet über die Schürze und fischt ihre selbst gedrehten Zigaretten heraus. Mit zittrigen Fingern zündet sie sie an und bläst Ode den Rauch ins Gesicht. Diese tritt einen Schritt zurück und setzt sich auf das Mäuerchen zu Füßen der Akazie. Sie greift nach dem Messer und beginnt das Gemüse zu schälen. Sweetcorn und Süßkartoffeln wirft sie in kleinen Stücken in den Topf und weicht der Asche aus, die ihre Mutter fort schnippt. Die restlichen Schalen wirft sie zum Düngen unter den Baum. Oben auf dem Dach hämmert es und Ode muss ihre Stimme erheben, damit ihre Brüder sie hören können.

„Das Essen ist fertig, kommt runter!" Sie holt von drinnen die
Blechschüsseln und füllt sie nacheinander mit dem Eintopf. Sie
reicht ihren Geschwistern die Teller und ein Stück Brot. Gemeinsam hocken sie sich auf die Steine in den Schatten und essen. Odes
Bauch knurrt und sie schlingt den Eintopf hinunter. Viel zu schnell
ist der Teller leer. „Ich habe hier was zum Kauen, das vertreibt den
Hunger." Mandla hält ihr ein Kraut hin, dass für alles gut ist: es
vertreibt Hunger, mindert Schmerzen und lässt einen die ganze
Nacht wach sein.

„Nein, danke, ich muss morgen früh in die Schule. Ich muss ein
Englisch-Essay schreiben." Mandla rümpft die Nase.

„Englisch hier, Englisch da. Nie ist es Zulu oder eine andere der
neun schwarzen Sprachen." Kraftvoll wischt er mit dem letzten
Rest Brot seinen Teller aus und stellt in zu seinen Füßen ab. „Was
ist mit unserer Kultur? Unseren Traditionen? Bald ist Weihnachten.
Als ob das unser Fest wäre." Ode hört ihm nur mit halbem Ohr zu.
Sie kennt seine Tiraden und ist seiner Meinung. Sie legt ihren Kopf
in den Nacken und schaut in den Sternenhimmel, der sein Zelt
über Soweto ausbreitet.

„Ich gehe jetzt schlafen. Nothando, kommst du mit?" Ihre kleine
Schwester nickt und Hand in Hand gehen sie in die Hütte. Ode
entkleidet sich bis auf die Unterwäsche und schlüpft unter die kratzige Decke. Nothando kuschelt sich an sie. Sie legt ihren Arm um

die Kleine, aber mit ihren Gedanken ist sie in der Medi-Clinik. Mit einem Lächeln auf den Lippen schläft sie ein.

56

Kapitel 4

„Mit Mädchen ist man nur befreundet, mehr nicht!"

Ode schreckt aus dem Schlaf hoch, der Morgen bricht gerade über Soweto an, noch ist er nur eine Ahnung. Ode schlägt die kratzige Decke zurück und reibt sich die Augen. Mit langsamen Bewegungen steht sie auf, um ihre Geschwister und Nomandia, die leise schnarcht, nicht zu wecken. Wenn die Ahnen sich zu Wort meldeten, darf sie das nicht ignorieren. Die Stimme ihres Großvaters troff vor Eindringlichkeit, ganz anders als zu Lebzeiten. Ode hat ihren Großvater als liebevolle Person in Erinnerung. Immer zu Scherzen aufgelegt, wie schlimm und ausweglos die Lage auch scheinen mochte.

„Bleib auf dem rechten Pfad!", hatte er befohlen, seine dunklen Augen hatten sich ins Herz von Ode gebohrt. Die Botschaft hatte sie erreicht. Sie tapst barfuß hinaus, schürt das Feuer und taucht den Finger in die Waschschüssel.

„Ist das kalt!" Sie entkleidet ihren Oberkörper und greifst sich ein Stück Seife, das neben einem Kochlöffel und einem Küchentuch auf einem hölzernen Schemel liegt. Sie wäscht sich in Windeseile unter den Achseln, der kühle Wind fährt ihr über die feuchte Haut und lässt sie bibbern. Bevor sie es sich anders überlegen kann, taucht sie ihren Kopf in das seifige Wasser und schäumt die Haare ein. Großvater, was verlangst du von mir? Sie presst die Lider fest zusammen und hält die Luft an. Bläschen steigen von ihrer Nase auf an die Wasseroberfläche. Ich will sie wiedersehen. Was soll ich tun?, fleht sie ihre Ahnen an und mit Schwung zieht sie ihren Kopf aus dem Wasser und wirft ihr langes Haar zurück. Tropfen fliegen über den Hof und glitzern im ersten dunklen Orange des Tages. Ode fasst nach dem einzigen Handtuch, das sie besitzen, und rubbelte sich den Kopf trocken. Sie wirft zwei Beutel Rooibush-Tee in den Kessel über dem Feuer und mit der Kelle schöpft sie sich eine Tasse. Vorsichtig nippt sie an dem Heißgetränk. Von der Leine zieht sie sich ein frisches T-Shirt. Da sie nur einen BH ihr Eigen nennt, muss sie ihn wieder anziehen. Er müffelt leicht und Ode nimmt sich vor, nach der Arbeit noch ihre Kleidung zu waschen.

„Das wird ein langer Tag", murmelt sie vor sich hin und schlüpft in ihre Sneaker.

„Lass mich auch mal an die Schüssel!" Nothando schiebt ihre Schwester zur Seite.

„Guten Morgen Kleines. Ich bin schon fertig." Ode knotet ihr feuchtes Haar zu einem losen Dutt. „Du hast zwei Minuten! Du bist spät dran!"" Ode hebt ihre Finger und die Kleine nickt.

„Hättest mich ja wecken können", grummelt die Kleine und wäscht sich, wie es ihre Schwester wenige Minuten zuvor getan at.

„Du hast recht, es tut mir leid. Ich hätte nicht gedacht, dass irgendjemand auf diesen dünnen Matten und mit den kratzigen Decken schlafen kann." Außer diejenigen - denkt sie insgeheim - die Alkohol und Drogen intus haben, schlafen besser, als der Rest. Sie beäugt ihre Schwester argwöhnisch.

„Du hast doch nichts genommen, oder?"

„Spinnst du? Ich will wie du die Schule beenden und nicht auf der Straße landen." Ode seufzt. Das Mädchen ist viel zu erwachsen für ihr Alter. Sie reicht Nothando einen Tee.

„Hier trink, es gibt erst wieder in der Schule etwas." Das Schulessen ist gut, ehrenamtliche Helfer kommen und kochen für sie. Sie fühlen sich gut dabei.

Ode mag das Gefühl nicht, dankbar sein zu müssen. Dafür, dass ihr Essen gesponsert wird. Lieber würde sie selbst kochen. Ganz tief in ihrem Inneren muss sie sich eingestehen, dass das Essen jeden Tag aufs Neue großartig ist. Immer frisch und reichlich für alle Schulkinder. Sie hält Nothando den Schulrucksack hin. Die Kleine ist in ihre Schuluniform geschlüpft. Ode trägt ihre in diesem Schuljahr nicht mehr, da es das Privileg der letzten Klasse ist, zu tragen, was man möchte. Odes stellt dies vor große Herausforderungen. Die Schuluniform wurde gestellt und sie hatte immer etwas zu anziehen. Nun ist sie auf sich gestellt und muss zusehen, dass sie nicht wie der letzte Vagabund in die Schule geht. Dieser Druck

lastet jeden Tag auf ihr und gesellt sich zu den vielen anderen
Problemen, die sie auf ihren Schultern trägt. Nothando und sie gehen auf die gleiche Schule, die Undergraduates wie Nothando,
sind im Nachbargebäude untergebracht. Ode besucht ihre Schwester in den Pausen, sie teilen ihr Essen und reden über Jungs. Ode
reibt sich die Augen. Hat sie einfach so über Jungs mitgequatscht,
weil es alle taten? Bei den Mädchen auf dem Schulhof drehte sich
immer alles um das andere Geschlecht und Ode ist sich sicher, die
Jungs beäugten die Mädchen genauso. Checkten die Hintern in den
zu kurzen Röcken der Schuluniformen ab und tauschten aus, wer
gerade was mit wem hatte. Daran hat sich Ode noch nie beteiligt
und hat es auch nicht vor zu tun. Lieber liest sie in einer ruhigen
Ecke und wartet auf die nächste Stunde. Ode setzt den Rucksack
auf, zieht die Schnallen fest und tippelt von einem auf den anderen
Fuß.

„Komm, wir müssen los. In dreißig Minuten geht der Gong."

„Bin ja schon da."

„Lernt schön!" Mandla steht da in Shorts und grinst sie breit an.
„Ich bin damit durch." In Odes Fäusten kribbelt es, aber sie unter-
drückt den Impuls, ihrem Bruder einen Stoß zu versetzen. Auf dem
Schulweg hat sie das Gefühl, ihr Großvater geht direkt hinter ihr.
Beinahe kann sie seine Schritte auf dem Kies knirschen hören und
sie überläuft eine Gänsehaut. Sie verdrängt jeden Gedanken an
Aba und wiederholt im Kopf die Stichpunkte, die sie im Essay

niederschreiben möchte. Wie ein Mantra sagt sie sie auf. Als sie am Schultor angekommen, stehen die Klassen bereits zum Appell bereit. Hastig schlüpfen die Mädchen durchs Tor und reihen sich bei ihren Grades ein. Der Gong schlägt und der Direktor tritt ans Pult. Er hebt die Hand. Die Schüler stimmen die Nationalhymne an und während sie singen, hisst ein ausgewählter Schüler, den Ode nicht kennt, die Fahne. Der letzte Ton verklingt. Dies ist der Moment, den Ode jeden Morgen kaum erwarten kann, denn sie mag es nicht, zu singen. Sie möchte nicht, dass die Menschen um sie herum ihre Stimme hören. Eine Stimme gibt zu viel vom Innersten Preis. Der Direktor spricht über die anstehenden Semesterferien und die bevorstehenden Abschlussarbeiten. Ode hört nur mit halbem Ohr zu. Ihre Gedanken springen wie ein Flummi von Aba zum Essay und wieder zurück. Endlich dürfen sie sich rühren und Kuale gesellt sich zu Ode. „Ich habe das ganze Wochenende gebüffelt. Ich schreibe das mit Links runter! Ganz sicher. Meine Aunti wird stolz auf mich sein."

„Wir haben die Hütte auf Vordermann gebracht. Ich hatte keine Zeit zum Lernen." Kuale tätschelt Odes Oberarm. Eine Berührung wie jede andere, sie kommt und geht. Nur Abas Finger auf ihrer Haut haben sich eingebrannt. Die Klassen von Grade 5-7 liegen direkt am Schulhof, die Lehrerin wartet bereits am Pult. Kuale schnüffelt an Ode.

„Du riechst nach Rauch, sorry, dass ich das so sage, aber es stimmt." Sie wedelt mit ihrer Hand vor der Nase herum. Ode zuckt mit den Schultern, obwohl sie die Aussage der Freundin ins Herz trifft.

„Wir haben versucht, zu waschen und alles rein zu wischen, aber der Rauch hängt in den Wänden, überall. Wir haben sogar gestrichen, es hilft nicht."

„Ruhe, Mädchen, setzt euch und nehmt eure Bleistifte!" Miss Sisipho hat sich vor Ode und Kuale aufgebaut, in ihren Händen die Prüfungsbögen. „Nutzt eure Zeit sinnvoll." Sie wackelt bedeutungsvoll mit ihren Augenbrauen. Ode senkt ihren Kopf über das Blatt Papier. Die nächsten vier Stunden darf sie an nichts anderes denken, als an das Essay.

„Viel Glück", flüstert ihr Kuale zu und Ode haucht ein „Danke", dann schreibt sie los. Ihre Finger fliegen über das Papier, wie der South-Easter über den Atlantik.

Als sie ihren Bleistift fallen lässt, ist sie verschwitzt. Schweißränder haben sich unter ihren Achseln gebildet. Die Dezember-Hitze drückt ins Klassenzimmer und treibt die Schüler ins Freie. Draußen wartet Nothando, ihre Augen verquollen vom Weinen. Ode stürzt auf ihre Schwester zu und hockt sich vor sie hin.

„Was ist passiert? Geht es dir gut? Bist du verletzt?" Ihre Augen tasten das Mädchen von unten bis oben ab. Diese schüttelt den Kopf.

„Nein, es ist Olwethu." Sie schluchzt und hickst gleichzeitig. Ode wird es kalt ums Herz.

„Unser Bruder? Bist du sicher? Was ist mit ihm?" Eine Traube von Schülern hat sich um sie versammelt und hört gebannt zu.

„In der Pause war ich am Zaun mit meinen Freundinnen. Du warst nicht da und da haben wir überlegt, hinzugehen." Nothando weint an Odes Hals. Am Zaun wurde alles gehandelt: Drogen, Zigaretten, Inhaler für die Schnüffler und Informationen.

„Semkelwe war da, der Typ aus dem Süden, der hat die Schießerei aus nächster Nähe miterlebt." Bei dem Wort „Schießerei" zuckt Ode zusammen. Ihr Nacken verkrampft, ihre Hände beben.

„Lebt er?" Nothando nickt.

„Zumindest, als sie ihn in die Medi-Clinic gebracht haben." Odes Gedanken überschlagen sich.

„Wir machen jetzt folgendes: Du holst deinen Rucksack und meldest dich ab. Wir laufen zum Krankenhaus. Ich muss wissen, was mit ihm ist." Die Entscheidung, Aba wiederzusehen, muss sie nicht mehr treffen. Das Schicksal hat entschieden. Nothando sprintet über den Schulhof und verschwindet im Nachbargebäude.

„Hier!" Ode bemerkt erst in diesem Augenblick der Ansprache ihrer Freundin, dass sich eine kleine Menschenmenge um sie herum gebildet hat.

„Verschwindet!" Sie springt auf und reißt Kuale den Rucksack aus der Hand.

„Ich habe es doch nur gut gemeint", grummelt diese, hält sich aber weiterhin in Odes Nähe, was sie zu schätzen weiß. Eine Reihe von Flüchen verlässt ihre Lippen. Schuldgefühle schlagen über ihr zusammen, Wut ballt sich in ihrem Bauch. Sie wirft die Schultasche über ihre Schulter und hetzt zum Gate.

„Aufmachen", bellt sie den Guard am Tor an. „Ich muss früher gehen." Der untersetzte Mann mittleren Alters beeilt sich, ihr aufzumachen. Seine Aufgabe ist es, ungebetene Gäste draußen zu halten, nicht Schüler drinnen zu behalten. Mit einem Quietschen fährt das Tor auf. „Ich bin da", keucht ihre Schwester und Ode packt ihre Hand.

„Dann lass uns laufen, als wäre der Tokoloshe hinter uns her." Sie rennen. Odes Herz rast vor Sorge um ihren Bruder. Das Rauschen des Verkehrs begleitet sie bis zum Abzweig, an dem es hinauf zur Klinik geht. Sie folgen den Schildern und Ode zerrt im Lauf Nothando hinter sich her. Die Kleine keucht laut. Sie sprinten über die Straße. Ein heranfahrendes Auto hupt mehrmals und Reifen quietschen. Die Mädchen haben das Fahrzeug nicht kommen sehen.

Völlig blind für ihre Umgebung hasten sie die kurvenreiche Straße hoch, bis sie zum Stichweg kommen, an dem das Tor zur Klinik abgeht. Ein Rettungswagen mit heulenden Sirenen rauscht an ihnen vorbei und sie folgen ihm. Am Tor werden sie vom Security-Guard abgefangen.

„Erst unterzeichnen, dann könnt ihr rein. Du warst doch schon mal hier?" Er betrachtet Ode genauer. Nothando wirft ihrer Schwester einen Seitenblick zu. Ode nickt abgehackt.

„Heute kommen wir, weil unser Bruder Olwethu Mabuza eingeliefert wurde." Tränen sammeln sich in ihren Augenwinkeln. „Bitte, bitte lassen sie uns durch." Sie würde auf die Knie fallen, wenn es helfen würde, hineinzugelangen. Der Guard schaut auf seine Liste und fährt mit dem Finger die Namen entlang.

„Es wurden vier Personen eingeliefert, davon zwei ohne Identifikation. Ein Olwethu Mabuza ist nicht aufgelistet, könnte natürlich einer der beiden Patienten sein, deren Namen wir noch nicht wissen." Er nickt den Mädchen zu. „Die Notaufnahme ist rechts um das Gebäude herum." Der Mann hält Ode am Arm zurück. „Es sah nicht gut aus, um die Verletzten", sagt er in gesenktem Tonfall und nickt in Richtung von Nothando, die bereits vorgelaufen ist. „Deine Schwester ..."

„Ich kümmere mich um sie", unterbricht Ode den Wachmann und stürzt davon. Sie umrundet das Rondell und folgt der Straße, die rechts um das dreistöckige Gebäude herumführt. Nach fünfzig Metern hat sie ihre Schwester eingeholt, die vor den Schiebetüren der Notaufnahme wartet. Odes Knie sind weich wie Pudding. Sie fasst nach Nothandos Hand und die Mädchen betreten das Innere. Neonlicht erleuchtet den Eingangsbereich. Dichtes Gedränge empfängt sie, es summt wie in einem Bienenstock. Links und rechts sind Bänke mit grünen abgewetzten Bezügen, auf denen hunderte Menschen vor Ode gezittert haben, um das Leben eines geliebten Menschen. Am Tresen zu ihrer Linken stehen zwei Krankenschwestern. Sie diskutieren mit Händen und Füßen und Ode fühlt sich an ihre Großmutter erinnert, die jedes Wort mit einer Geste unterstrich.

„Entschuldigung?" Ode tritt an die Frauen heran. Sie wenden sich den Mädchen zu, scheinen mit ihren Gedanken aber noch in der Auseinandersetzung zu stecken.

„Bitte, können Sie uns helfen?" Die Kleinere der beiden Krankenschwestern nickt und geht hinter den Tresen.

„Wen sucht ihr denn?" Ihre Finger rasen über die Tastatur, als Ode den Namen ihres Bruders nennt. Mit dem Kopfschütteln hat sie bereits gerechnet.

„Er ist erst zwölf Jahre alt, etwas so groß." Sie deutet mit ihrer Hand auf ihre Schulter. Die Krankenschwestern schauen sich an. „Mein Bruder ist hier, richtig?" Die untersetzte Schwester nickt.

„Es könnte der Junge sein, der vor etwa anderthalb Stunden eingeliefert wurde. Ich kann euch im Moment nicht zu ihm lassen, er
wird noch operiert."

„Wie geht es ihm? Können sie mir mehr zu den Verletzungen sagen?" Ode wringt ihre Hände, die Verzweiflung steht ihr ins Gesicht geschrieben. Nothando weint leise vor sich hin.

„Mein Name ist Emma. Schwester Emma. Setzt euch erst einmal
hier hin." Sie deutet auf die abgenutzten Bänke. Sie schiebt die
Mädchen vor sich her und drückt sie auf die Polster. Sie fühlen sich
kühl unter ihren nackten Beinen an. Ode lehnt sich zurück, zieht
ihre Schwester in die Arme und atmet laut aus.

„Bitte, lass ihn überleben, Herr. Liebe Ahnen, passt auf meinen
kleinen Bruder auf, ich brauch ihn doch noch", flüstert sie in den
Scheitel ihrer Schwester.

„Was, wenn er stirbt?" Nothando sieht sie aus verweinten Augen
an. „Nein, das darf einfach nicht passieren! Mutter würde das nicht
überleben." Nothando nickt.

„Das würde sie nicht." Ode streichelt ihrer Schwester über den
Kopf. „Dann müssen wir beten, damit der Tod unseren Bruder
nicht holen kommt." Sie beten das *Vater Unser* ein ums andere Mal.
Patienten werden eingeliefert, Schwestern kommen und gehen. Immer wieder geht Odes Blick zum Tresen, in der Hoffnung

Neuigkeiten zu erhaschen. Nach einer Stunde nähert sich Schwester Emma den Mädchen. In den Händen hält sie zwei Riegel, die sie den Mädchen reicht.

„Ihr müsst ja völlig verhungert sein. Esst!" Ode knetet die Schokolade in ihrem Schoß.

„Können Sie uns etwas über unseren Bruder sagen?" Schwester Emma seufzt und hockt sich mit einem Ächzen neben Nothando.

„Der Junge, von dem wir noch nicht wissen, ob es euer Bruder ist, wurde aus dem OP in den Aufwachraum gefahren. Dort wird er intensiv beobachtet. Sobald er stabil ist, wird er nach oben gebracht in eines der Zimmer. Erst dann könnt ihr zu ihm. Das heißt, zunächst müssen wir sicherstellen, dass er auch wirklich euer Bruder ist. Gibt es besondere Merkmale, an denen er zu erkennen ist?" Draußen knallt es, alle drei schrecken zusammen. Ode wirft einen Blick durch die verglasten Schiebetüren, der Himmel hat sich verdunkelt, ein Gewitter ist hereingezogen. Blitze zucken über die Bäume. Das Neonlicht an der Decke flackert.

„Fällt jetzt der Strom aus?", will Nothando wissen.

„Wir haben Notstromaggregate und Generatoren, alles halb so wild. Aber fällt euch etwas ein?" Ode runzelt die Stirn und sieht hinaus in den Regen. Dichte Bindfäden fallen aus den Wolken.

„Er trägt eine Kette um den Hals, mit einem Elefanten als Anhänger." Nothando tippt Ode auf den Arm.

„Er hat eine Narbe an der rechten Braue. Weißt du noch, als er mit dem Stuhl gewippt hat und dann nach vorn gefallen ist? Es hat so schlimm geblutet." Sie beginnt erneut zu weinen. Schwester Emma tätschelt Nothandos Schulter.

„Das hast du sehr gut gemacht. Ich gehe mal schauen, ob ich den Jungen für euch identifizieren kann. Okay?" Ode und Nothando nicken und die Schwester entfernt sich im Eilschritt. Ode setzt sich im Schneidersitz auf die Bank und reißt die Verpackung des Riegels auf. Schoko-Karamell mit Nüssen. An jedem anderen Tag in diesem Jahr wäre ihr das Wasser im Mund zusammengelaufen. Nun beißt sie hinein, um etwas im Magen zu haben, schmeckt aber nur wenig. Sie kaut die zähe Masse, bis nichts mehr übrig ist. Nothando hat ihren Riegel in den Rucksack gesteckt. Odes Blick heftet am Ende des Ganges und zuckt bei jedem Menschen zusammen, der hinten um die Ecke biegt. Nach endlosen fünfzehn Minuten kehrt Schwester Emma zurück. Ihr Atem geht schnell. Mit einem erneuten Ächzen lässt sie sich auf die Bank fallen und reibt ihr Kreuz.

„Diese Rennerei ist nichts für mich." Sie wendet sich den Mädchen zu und fasst nach jeweils einer Hand von Ode und Nothando. Ihre Daumen fahren über die Handrücken. „Am Hals des Jungen haben die Ärzte eine Kette mit Elefanten gefunden. Die Narbe war nicht zu sehen, weil ein dicker Verband um den Kopf eures Bruders ist." Ode pustet laut die Luft aus, die sie vor lauter Aufregung angehalten hat.

„Das sind gute Nachrichten, oder?" Mit großen Augen schaut sie die Schwester an.

„Es ist so, Mädchen: Ich will es nicht schönreden. Olwethu wurde zweimal angeschossen. Die eine Kugel ist durch seine Schulter hindurch, ohne stecken zu bleiben. Die Wunde ist nicht lebensgefährlich, nur schmerzhaft. Bei dem Kopfschuss sieht es ganz anders aus." Ode starrt Schwester Emma aus weit aufgerissenen Augen an, ihr Herz rast, als würde sie einen Marathon laufen. „Die Kugel ist stecken geblieben. Sie wurde entfernt, ob es Schäden gibt und welche, können die Ärzte noch nicht sagen."

„Er wird vielleicht nie wieder gesund?", bringt Nothando hervor und steckt sich ihre Hände unter die Achseln.

„Dazu kann ich leider nichts sagen, Kleines. Vielleicht ist es besser, ihr geht nach Hause und kommt morgen wieder. Ich denke, heute werdet ihr euren Bruder nicht mehr besuchen können." Ode ist hin und hergerissen. Einerseits möchte sie unbedingt bleiben, andererseits muss ihre Familie erfahren, was passiert ist.

„Können wir ihn vielleicht kurz von draußen sehen? Durch ein Fenster oder so? Ich kann sonst nicht nach Hause gehen."

„Wen sehen? Was ist passiert?" Hinter Schwester Emma ist Aba aufgetaucht. Sie schenkt beiden Mädchen ein Lächeln.

„Ich würde gerne meinen Bruder sehen. Er liegt im Aufwachraum." Odes Stimme ist getränkt von Schmerz.

„Das ist leider nicht machbar", sagt Aba und hockt sich neben Ode. Sanft nimmt sie ihre Hand und sagt an Schwester Emma gewandt: „Ich übernehme das hier, ich kenne Ode, Sie können gerne wieder auf Station gehen." Die Schwester nickt den Mädchen freundlich zu und wendet sich zum Gehen.

„Danke für Ihre Hilfe!", ruft Ode ihr hinterher und versucht sich an einem Lächeln.

„Das habe ich doch gerne gemacht, Sweeties!"

Ode sackt in sich zusammen.

„Warum ist es nicht möglich?"

„Wir haben dort keine Fenster oder ähnliches, wo ihr durchschauen könntet. Und wegen der Gefahr für die Patienten, dass ihr Keime einschleppt, könnt ihr den Saal auch nicht betreten." Sie streicht Ode eine verschwitzte Strähne aus dem Gesicht.

„Aber ich kann für euch Augen und Ohren sein. Ich mache einfach eine Nachtschicht und passe für euch auf euren Bruder auf. Wie wäre das?" Sie drückt Odes Hand und lächelt Nothando zu.

„Das kann ich nie wieder gut machen. Weder, dass du bleibst, noch kann ich die Notoperation bezahlen. Geschweige denn, den ganzen Krankenhausaufenthalt. Und wenn mein Bruder sterben sollte, wer bezahlt dann die Beerdigung?" Die Tränen laufen wie ein Wasserfall über ihre Wangen. Aba streichelt sanft über ihren Rücken. Ode unterdrückt den Impuls, sich in ihre Arme zu werfen, wie ihr wundes Herz es ihr befiehlt. Abrupt steht sie auf und löst sich von Abas Berührungen. Die Hilfsschwester sieht zu ihr auf, in ihrem Blick liegt Verständnis.

„Sollen wir es so machen?" Sie sieht Ode an und erhebt sich ebenfalls. Diese nickt. „Ich schulde dir so viel!" Sie tritt von einem auf den anderen Fuß, das Gefühl von Schuld nagt an ihr.

„Wir finden für alles eine Lösung. Jetzt geht nach Hause und ruht euch aus. Morgen sehen wir uns wieder." Ode durchfährt der Schreck.

„Ich hätte vor Stunden bei der Arbeit sein sollen, jetzt verliere ich meinen Job! Warum passiert das alles?" Sie sieht sich um, als stünde die Antwort auf ihre Verzweiflung an den Wänden geschrieben. Aba ist bereits auf dem Weg zum Tresen.

„Wo gehst du hin?"

„Ich rufe in dem Restaurant an, in dem du arbeitest. Ich erkläre die Situation. Wie heißt deine Chefin?"

„Alice."

„Okay, ich werde Alice sagen, dass du unter Schock stehst. Im Zweifel lasse ich dir von meiner Chefin ein Attest schreiben, wenn sie unbedingt eines haben möchte." Ode kann nur noch nicken. Das Gefühl der Überforderung hat sie übermannt und lässt sie nicht mehr los. Die ganze Welt scheint Kopf zu stehen. Sie lauscht dem Gespräch. Mit einer Autorität in der Stimme, die sie Aba nicht zugetraut hätte, erklärt die Schwester die Situation. Mit einem Klicken legt sie auf und dreht sich zu Ode und Nothando um.

„Sie war zunächst nicht erfreut, aber als ich ihr mittgeteilt habe, dass dein Bruder angeschossen wurde und du unter Schock stehst, wurde sie immer freundlicher. Sie hat gesagt, dass du das erste Mal fehlst und ich habe in ihrer Stimme Sorge rausgehört. Du kannst morgen wieder arbeiten gehen und fliegst nicht raus." Aba schenkt Ode ein breites Grinsen und zeigt dabei ihre Grübchen. Odes Herz taut bei dem Anblick ein kleines bisschen auf.

„Vielen Dank, ich komme morgen für wieder her."

„Ich auch!", meint Nothando und stemmt ihre Fäusten in ihre schmale Taille.

„Das sehen wir, noch Prinzessin. Jetzt erst einmal ab nach Hause."

„Ich gehe dann und schaue mal nach eurem Bruder!" Aba läuft den Gang hinunter, in dem auch Schwester Emma verschwunden ist.

Draußen erwartet die Mädchen strömender Regen. Bereits am Tor sind sie bis auf die Knochen durchnässt. Grau-schwarze Wolken rasen über den Himmel und entleeren sich über Soweto. Erschöpfung steckt in Odes Gliedern. An anderen Tagen wäre sie in einen leichten Laufschritt verfallen, nicht so heute. Immer noch zügig gehen sie die Mid-Lane hinunter. Die Straßen sind kaum durch Laternen erhellt, dafür hat die Verwaltung von Johannesburg keine Gelder. Sie finden den Weg auch im Dunkeln. Zu der Erschöpfung gesellt sich Angst. In den Gassen Sowetos lauert mehr als wilde Hunde oder streunende Katzen. Sie laufen immer dicht an der Straße. Ode hofft heimlich, Thomas' Motorrad zu hören. Unzählige Autos rauschen an ihnen vorbei, aber Mandlas Freund taucht nicht auf. In Odes Sneaker steht das Wasser, als sie nach dreißig Minuten ihre Hütte erreichen. Sie stoßen die Türe auf und lassen die Rucksäcke zu Boden plumpsen. Ode schiebt den Riegel vor.

„Wenigstens ihr kommt nach Hause!" Drei bleiche Gesichter starren den Mädchen entgegen. Mandla und Philani lehnen an der

Wand des Schlafbereichs mit verschränkten Armen, die Mutter
sitzt auf einem der Gartenstühle und zieht heftig an einer Zigarette.

„Wo wart ihr?", will Philani wissen.

„Im Krankenhaus", blafft Ode und setzt sich auf den verbliebenen
Stuhl. Ihre Mutter schluchzt auf.

„Dann stimmt es? Mein kleiner Junge war in eine Schießerei verwi-
ckelt?" Ode will nach der Hand ihrer Mutter fassen, unterlässt es
und zieht sie zurück.

„Ja, es stimmt. Er ist zweimal angeschossen worden." Sie blitzt ihre
Brüder an. „Wo wart ihr, als das alles passiert ist? Wieso habt ihr
nicht auf ihn aufgepasst? Er war in eurer Verantwortung!" „Wieso
seid ihr nicht ins Krankenhaus gekommen?", schließt Nothando
sich dem Fragengewitter an.

Kapitel 5

Ein Donnerschlag durchbricht die Stille, die sich über die Hütte gelegt hat. Ode durchbohrt die Familie mit ihren Blicken. Nothando hat sich auf ihre Matte gelegt und drückt fest ihren Teddy an sich.

„Wenigstens einer von euch beiden hätte kommen können!" Ihr ist bewusst, dass einer zu Hause bleiben musste, um auf die Mutter acht zu geben. Seit Bangizwe die Familie verlassen hat, ist sie sehr labil und der kleinste Wind droht sie umzustoßen.

„Ich war mir sicher, dass er tot ist", murmelt Philani. Ode springt auf, ihr Stuhl kippt nach hinten um.

„Und dann gehst du nicht nachschauen? Wolltest du auf den Coroner warten? Was stimmt nicht mit euch?" Mit geballten Fäusten steht sie vor ihren Brüdern. „Was ist deine Ausrede?" Mandla schüttelt den Kopf.

„Ich hatte Jobs zu erledigen, Aufträge abarbeiten." Ode boxt ihn in die Rippen. „Das ist dein Bruder!" Ihr Stimme schrillt durch die Hütte. „Olwethu wird abtransportiert, du zuckst mit den Schultern und machst weiter, als wäre nichts gewesen?" Mandla schubst seine Schwester, dass sie gegen den Küchentisch fliegt. Sie stößt sich ihre Hüfte und stöhnt auf.

„Du verstehst das nicht, okay? Wenn ich meine Arbeit nicht erledige, dann bin ich dran. Die Gangs verstehen keinen Spaß", schreit Mandla seine Schwester an. Ode lacht, Hysterie fließt durch ihre Stimme.

„Dann such dir einen normalen Job! Ach ja, geht ja nicht! Du musstest unbedingt für schnelles Geld die Schule verlassen", ätzt sie und verschränkt die Arme vor der Brust. Philani tritt zwischen die Geschwister.

„Könnt ihr mir jetzt mal sagen, was mit Olwethu ist?" Ode atmet ein paar Mal tief durch, hebt den Stuhl auf und lässt sich darauf fallen.

„Er wurde zweimal von einer Pistolenkugel getroffen. Die eine hat seine Schulter sauber durchschlagen, die andere ist in seinem Kopf stecken geblieben." Ihr wird schlecht von den eigenen Worten. Die Vorstellung, dass ihr kleiner Bruder in der Klinik um sein Leben kämpft, lässt all ihre Muskeln verkrampfen und ihr Magen hebt sich gefährlich. Sie hält sich eine Hand vor den Mund und schluckt gegen den Würgereiz an. Philani reicht ihr die Wasserflasche vom Tisch und sie nimmt zwei vorsichtige Schlucke. Mit dem Handrücken wischt sie die Feuchtigkeit fort. Sie räuspert sich und fährt mit ihrem Bericht fort.

„Er wurde notoperiert und nach mehreren Stunden in den Aufwachraum zur Beobachtung gefahren. Jetzt heißt es hoffen."

„Warum?", bricht es aus Odes Mutter heraus, die bisher stumm dabeigesessen hat. Ode dreht sich zu ihr hin. Das verhärmte Gesicht ihrer Mutter scheint in den letzten Minuten um zig Jahre gealtert zu sein. Nie würde man vermuten, dass diese Frau 32 Jahre alt ist.

„Weil er vielleicht Schäden davonträgt, wenn er aufwacht."
Das *Wenn er überlebt*, schluckt sie hastig hinunter.

„Das hört sich nach vielen Fragezeichen an", seufzt Philani. Ode nickt. „Ich gehe morgen früh wieder in die Klinik. Du bringst Nothando in die Schule." Sie deutet mit ihrem Finger auf Mandla. „Ich weiß, dass du erst später mit deiner Arbeit beginnst, also übernimmst du den Job." Bei dem Wort *Arbeit* malt sie mit ihren Fingern Anführungszeichen in die Luft. Ihr Bruder nickt bloß und schiebt sich unter die Decke. Er dreht ihnen den Rücken zu, für ihn scheint die Diskussion beendet. Ode runzelt die Stirn. Wann war er ihnen derart entglitten?

Nach einer kurzen Nacht, angefüllt mit Alpträumen, macht sich Ode auf den Weg zum Krankenhaus. Der lange Fußweg zehrt an ihren Nerven. Ihr Herz sehnt sich danach, ihren Bruder wiederzusehen. Und Aba. Sie kann den Gedanken nicht weiter verdrängen. Dass, was sie fühlt, sind Schmetterlinge in ihrem Bauch. Jedes Mal, wenn sie an die Hilfsschwester denkt, tanzen sie Kwaito. Das Wort der Verliebtheit möchte sie nicht in den Mund nehmen. Mehr als Schmetterlinge gesteht sie sich selbst nicht zu. In ihrer Gesellschaft ist Liebe zwischen Frauen verpönt, sogar geächtet. Niemand darf jemals von ihren Gefühlen erfahren. Sie verfällt in einen Laufschritt und joggt die Hauptstraße entlang. Abgase wehen in ihre Augen, Feuchtigkeit steigt vom Asphalt auf. Das Gewitter hat dafür gesorgt, dass sich die Hitze mit Schwüle vermengt hat. Schweißtropfen perlen bereits zu dieser frühen Stunde von ihrer Stirn. Sie wirft den Vorüberhastenden einen Blick zu, ihnen ergeht es ebenso. Völlig verschwitzt erreicht sie das Krankenhausgebäude. Der Guard am Tor winkt sie durch, wünscht ihr viel Kraft für den Besuch bei ihrem Bruder. Sie schenkt ihm ein kleines Lächeln und hetzt die Straße hinauf. Bevor sie rechts ums Gebäude läuft, schwenkt sie zum Haupteingang um. Sie überspringt jede zweite Stufe und betritt die Medi-Clinic. Am Empfangstresen wartet sie darauf, dass die Dame dahinter zu ihr aufblickt. Es ist sieben Uhr am Morgen und Odes Magen knurrt. Sie hatte in der Früh keinen Bissen herunterbringen können. Die Dame schaut zu ihr auf.

„Guten Morgen, was kann ich für dich tun?"

„Ich möchte meinen Bruder Olwethu Mabuza besuchen."

„Ah, du bist aus dem Clan der Mabuza." Sie schenkt Ode ein Lächeln, sicher ist sie Mitglied in einem Clan, der sich den Mabuzas zugehörig fühlt. Das Gerede über Clans interessiert Ode nicht. Die Generation ihrer Großeltern legte Wert auf die Zugehörigkeit. Nicht so Ode. Doch wenn sie dadurch schneller zu ihrem Bruder kommt, soll es ihr recht sein. Durch die Lautsprecher dudelt Weihnachtsmusik.

„Dein Bruder liegt in Zimmer 302 auf der obersten Etage. Nimm am Ende des Ganges den Aufzug." Sie nickt Ode zu, dann senkt sie ihren Blick auf den PC, das Gespräch ist für sie beendet. Mit Knien weich wie Butter läuft Ode zu den Aufzügen. Sie drückt den Knopf für die dritte Etage. Die Räumlichkeiten sind vorweihnachtlich dekoriert. An den weißen Wänden hängen bunte Girlanden, in den Fensterstürzen baumeln rote Kugeln im warmen Wind. Siedend heiß fällt Ode ein, dass sie noch das Geburtstagsgeschenk für Nomandia besorgen muss. Vielleicht kann sie Philani damit beauftragen. Die Aufzugtüren öffnen sich und mit einem Ruck setzt sich der Lift in Bewegung. Oben angelangt schaut sich Ode um. Links und rechts von ihr erstrecken sich zwei lange Flure. Es herrscht reger Betrieb, das Frühstück wird soeben an die Patienten ausgegeben.

„Da bist du ja!" Aba tritt aus dem Schwesternzimmer, dass direkt gegenüber von den Aufzügen liegt. Unter ihren Augen entfalten sich tiefe Schatten, doch ihre Augen strahlen, als sie Ode entgegenläuft. Sie hat sich bereits umgezogen, ein ungewohnter Anblick, findet Ode insgeheim. Sie steckt in einer Slim-fit-Jeans, das weit ausgeschnittene rote T-Shirt steckt nur vorne im Bund. An ihren Handgelenken baumeln unzählige Armbänder und es klimpert bei jeder Bewegung.

„Ich bin so schnell gekommen wie ich konnte." In Odes Magen tanzen Schmetterlinge. Aba fasst nach ihrer Hand.

„Komm, ich bringe dich zu deinem Bruder. Aba lässt ihre Hand nicht los, bis sie vor dem Zimmer mit der Nummer 302 stehenbleiben. Ode zieht Aba in eine Umarmung.

„Vielen Dank, dass du hier für mich gewacht hast."

„Das habe ich gerne gemacht", sagt Aba mit einem Lächeln, das die Müdigkeit nicht verbergen kann. „Ich gehe mich ausschlafen. Sollen wir uns nach deiner Arbeit treffen? Ich habe den Rest des Tages frei, weil ich sonst zu viele Stunden anhäufe." Ihr Blick verschmilzt mit Odes. Das Mädchen nickt.

„Kommst du zum Memorial?" Aba schüttelt den Kopf.

„Lass uns lieber in der Mall treffen, da ist es belebt und wir bekommen noch einen Kaffee."

„Einverstanden, um 21 Uhr bin ich am Haupteingang." Aba zieht Ode in eine weitere Umarmung, die sie wie eine warme Decke umhüllt.

„Bis später", haucht sie an Odes Ohr und lässt sie los. Ohne die Berührung fühlt sich Ode nackt.

„Bis später. Ich freue mich."

„Entschuldigung, Mädchen, aber ich muss da rein." Ein hochge-
wachsener Mann mit weißem Kittel drängt sich an Ode vorbei.
„Sind Sie der Arzt?" Der Mann nickt und betrachtet Ode hinter seiner dicken Brille.

„Wen suchst du denn?"

„Meinen Bruder Olwethu Mabuza." Der Arzt bedeutet ihr mit seinem Zeigefinger, ihm zu folgen. Als Ode sich umsieht, ist Aba verschwunden.

„Dein Bruder hat ein schweres Hirn-Trauma erlitten. Wir haben
ihn in das Kinderzimmer gelegt. Erschrick nicht, er liegt an mehrere Maschinen angeschlossen." Er öffnet die Tür zum Kinderzimmer. „Die meisten davon sind harmlos, sie messen nur den Blut-
druck und die Herzfrequenz", fährt er in seinen Erklärungen fort.
Im Zimmer stehen dicht an dicht an jeder Wand jeweils vier Betten,
abgetrennt durch karierte Vorhänge. Die anderen Patienten liegen
in Kinderbetten, Odes Bruder in einem für Erwachsene. Er versinkt
zwischen Laken und Steppdecke, die eine bunte Tierwelt zeigt.
Ode tritt an das Bett neben der Tür heran. Links und rechts sind
am Kopfende die Geräte aufgebaut. Ein stetes Piepen erfüllt den
Raum. In Odes Augenwinkeln sammeln sich Tränen.

„Können Sie mir mehr zu seinem Zustand erzählen?"

„Mein Name ist Doktor Zindela. Ich bin der behandelnde Kinderarzt. Setz dich." Der Arzt drückt Ode auf den Stuhl am Bettrand und zieht sich selbst von einem anderen Bett einen Hocker heran. „Es ist so: Wir können noch nicht wirklich viel sagen. Die Kugel ist entfernt worden, seitdem halten wir deinen Bruder in einem künstlichen Koma. Wir hoffen, dass es keine Hirnschwellung gibt. Da er die Nacht überstanden hat, gehen ich und meine Kollegen davon aus, dass er überleben wird. Es können aber noch jede Menge Komplikationen auftreten. Eventuell bleibt dein Bruder auf einem Auge blind, aber wenn ich das so sagen darf, wäre er dann noch glimpflich davongekommen." Ode fasst nach der Hand ihres Bruders, die unter der Decke hervorlugt. Sie umfasst sie ganz fest und drückt sie.

„Sprich ruhig mit deinem Bruder, Auch wenn er im Koma liegt, haben wir festgestellt, dass der Körper auf Ansprache reagiert." Olwethus Haar versteckt der weiße Turban. So gerne würde Ode durch seine wilden schwarzen Locken streichen.

„Hat er Schmerzen?" Doktor Zindela deutet auf eine zwanzig Zentimeter lange Spritze, die an ein Gerät in dem Geräteturm angeschlossen ist.

„Durch die Kanüle bekommt er hochdosierte Opiate. Nur für kurze Zeit, natürlich", ergänzt er, als Ode ihre Stirn runzelt.

„Nein, schon gut, er soll auf keinen Fall Schmerzen haben, ich glaube er ist bereits abhängig, ich weiß es aber nicht."

„Ich werde das in seiner Akte notieren. Wir kümmern uns darum, wenn er aufwacht. Einen Schritt nach dem anderen."

„Wie lange muss er hierbleiben?" Der Arzt schlägt die Beine übereinander, zieht die Brille ab und reibt sich die Augen.

„Da möchte im Augenblick keine Aussage zu treffen. Tage? Wochen?"

„Dann ist er über den Geburtstag meiner Mutter und Weihnachten im Krankenhaus?" Ode wird es flau im Magen. Wie sollten sie feiern, wenn ein Familienmitglied nicht bei ihnen war?

„Ihre Familie kann an Weihnachten herkommen, wenn es die Umstände zulassen." Ode nickt.

„Danke."

„Ich lasse dich mit deinem Bruder alleine, ich muss mich um die anderen kleinen Patienten kümmern." Er schiebt seinen Hocker zurück an das Bett gegenüber und überlässt Ode sich selbst. Das Mädchen summt ein Lied. Ein altes Wiegenlied, das ihre Mutter für sie gesungen hat, wenn sie krank auf ihrer Schlafmatte lag.

Thula thul, thula baba, thula sana,

thul' u babuzo buya ekuseni.

Thula thul, thula mtwana, thula sana,

thul'u babuzo buya mathafeni.

Sobe si khona abanye beshoyo,

bethi buyamtwana ubuye le khaya.

Sobe si khona abanye beshoyo,

bethi buyamtwana ubuye le khaya.

Thula thula, thula baba,

thula thula, thula sana,

thula thula, thula baba,

thula thula, thula baba,

thula thula, thula san.

Sei still, kleiner Mann, sei still, kleines Kind,

Vater wird wiederkommen.

Sei ruhig, Kind, sei still, kleines Kind,

möge er von den Weiden wiederkommen.

Wir werden anwesend gewesen sein, wie man gesagt hat.

(Ich) sagte: Komm zurück zu ihm, Kind, komm zurück nach
Hause.

Wir werden anwesend gewesen sein, wie man gesagt hat.

(Ich) sagte: Komm zurück zu ihm, Kind, komm zurück nach
Hause.

Still, still, still, kleiner Mann,

still, still, still, kleines Kind,

still, still, still, kleiner Mann,

still, still, still, kleiner Mann,
still, still, still ...

Es ist ganz ruhig geworden im Kinderzimmer. Ode sieht sich summend um, und erblickt die Kinder, die gebannt an ihren Lippen hängen. Manche stehen in ihren Bettchen, die Finger um die Stäbe gekrallt. Ode schiebt den Vorhang zurück, sodass die Kleinkinder sie sehen können. Sie wiederholt das Wiegenlied, ohne die Hand ihres Bruders loszulassen. Als sie absetzt, klatscht jemand hinter ihr, die Kinder stimmen mit ein. Hitze steigt in Odes Wangen auf, sie lächelt hinter vorgehaltener Hand. Eine Krankenschwester tritt an sie heran und legt eine Hand auf ihre Schulter.

„Wunderbar, ganz wunderbar! Wenn du möchtest, kannst du jeden Tag kommen und für die Kinder singen. Sie sind oft über eine lange Zeit alleine. Da ist es schön, wenn jemand hier ist und sich mit ihnen beschäftigt." Ode blickt sich um und sieht, wie ihr Wiegenlied Lachen in die Gesichter der Kinder gezaubert hat.

„Das war doch nichts Besonderes."

„Für viele Kinder hier schon, danke sehr! Du bist die Schwester von Olwethu? Ode oder Nothando? Aba hat uns viel erzählt." Die Hitze in Odes Wangen steigert sich, sie fühlt sich, als säße sie in einem Backofen.

„Ich bin Ode, eigentlich Liyana, aber so mag ich nicht genannt werden."

„Schön, dich kennen zu lernen. Ich bin Schwester Amy." Die stämmige Frau schüttelt Ode die Hand. Ode mag sie auf Anhieb.

„Ich muss jetzt leider gehen, die Arbeit ruft."

„Dann passe ich weiter auf deinen Bruder auf. Kommst du morgen wieder?"

„Auf jeden Fall." Sie schnallt ihren Rucksack auf den Rücken. Ode drückt ihrem Bruder einen vorsichtigen Kuss auf die Wange.

„Auf Wiedersehen, Schwester Amy!" Sie winkt zum Abschied und verlässt die Station.

Die Stunden bei der Arbeit im Fisch-Restaurant ziehen sich ins Endlose. Alice war bei ihrer Ankunft weder sauer noch wollte sie ein Attest. Sie meinte, Ode wäre anzusehen, dass sie völlig durch den Wind sei. Das Mädchen hatte bereitwillig zugestimmt. Ode läuft wie in Trance durch das Restaurant. Serviert hier, lächelt da; ihre Gedanken sind weit fort. Das Mitgefühl ihrer Chefin legt sich um Odes Schultern wie ein Tuch. Eine versteckte Neugier hat sich hinzugesellt. Ode weicht ihrer Chefin den Tag über aus, soweit es geht. Fragen über Gewalttaten zu beantworten, die auch noch ihre Familie involvieren, will sie nicht beantworten. Dafür arbeitet sie so schnell und hart wie nie zuvor. Der Makel einer Schießerei klebt an ihr wie zähflüssiger Honig. Menschen redeten über die Verbrechen und die Menschen verschwanden dahinter. Ode will ein solcher Mensch nicht sein. Sie möchte nicht nur erinnert werden, als ein Mädchen deren Haus brannte, deren Bruder angeschossen wurde und Vater weggelaufen war. Gegen 20 Uhr beendet sie ihre Schicht und fährt zur Shopping-Mall nach Soweto. Nun steht sie mit verschränkten Armen vor dem Haupteingang. Besucher strömen rein und raus, ein steter Fluss. Die Mapunya-Mall ist die zweitgrößte direkt hinter Sandton City. Sowetos Bewohner sind stolz auf ihre Einkaufsmeile. Trotz der späten Stunde sind die Geschäfte geöffnet. Das Trinkgeld klimpert in Odes Hosentasche. Zu ihrer ausgewaschenen Jeans trägt sie ein rosa Trägertop mit Fransen, welches sie für diesen Abend in den Rucksack gesteckt hatte und nach Feierabend hinter dem Fisch-Restaurant übergezog. Es ist ihr Lieblings-Kleidungsstück. Ihre Brüder schenkten es ihr vor zwei Jahren zum Geburtstag. Es war allerdings auch das letzte Geschenk der Brüder, daher hält sie es bis heute in Ehren. Sie läuft vor den Eingangstüren auf und ab. Jede vorübereilende Person nimmt sie in Augenschein. Der Springbrunnen plätschert in bunten Lichtern. Ode hat keine Augen für die Wasserspiele. Der orange-goldene Himmel erzählt von der aufkommenden Nacht. Gruppen von Teenagern versammeln sich vor dem Haupteingang und warten auf die nächste Kino-Vorstellung. Dafür hat Ode kein Geld. Noch nie gehabt. Fernsehen kennt sie aus dem Fisch-Restaurant, dort laufen in Dauerschleife Musikvideos. Zu Hause besitzen sie kein Gerät und einen Film hat sie sich noch nie angesehen.

„Entschuldigung, dass ich zu spät bin, wir hatten noch einen Notfall." Ode sieht Aba mit weit aufgerissenen Augen an.

„Aber nicht mein Bruder, oder?"

„Nein, nicht in der Klinik. Ich hatte doch frei. Jetzt ist alles geregelt, sollen wir hinein gehen?"

„Gern."

„Bist du öfter hier?" Ode lacht.

„Nein, so gut wie nie." Sie schieben die Eingangstür auf und betreten das Innere. Eine mehrgeschossige Eingangshalle eröffnet sich vor ihnen, durch das Glasdach in der Höhe sieht Ode den Abendhimmel, als sie den Kopf in den Nacken legt. Meterlange Werbeplakate hängen von der Decke und laden zum Weihnachts-Shopping ein. Überall blitzt und blinkt es, und Aba summt „Jingle Bells" mit, dass durch die Lautsprecher tönt.

„Da ich mich nicht so auskenne, was würdest du empfehlen?" Aba zwinkert ihr zu.

„Ich habe eine Idee. Wir gehen ins Brown Sugar. Die haben den besten Kaffee ever!" Ode grinst und hakt sich bei Aba unter.

„Na dann lasse ich mich mal verführen, ich bin nämlich eine ausgesprochene Teetrinkerin ..."

„Echt, oje, sollen wir woanders hin?"

„Nein, ich will ihn jetzt probieren den weltbesten Kaffee." Sie zieht Aba weiter.

„Da geht es doch gar nicht lang." Ode prustet los.

„Wusste ich." Lachend laufen sie tiefer in die Mall hinein. Sie lassen den Foodcourt hinter sich. Das Brown Sugar ist nicht der Ort, den Ode erwartet hat. Grüne Pflanzen hängen mit langen Trieben von der Decke, ein DJ legt Platten auf. Hauptsächlich Funk. Junge Männer, alle höchstens 25 Jahre alt, laufen zwischen den Tischen in weißen Hemden und hellbraunen Lederschürzen herum und servieren Cocktails. Aba zieht Ode in eine Ecke. Dort steht ein runder Tisch, der von einem braunen Ledersofa umlaufen ist. Eine tiefhängende Schirmlampe mit Blumenmuster rundet das Ensemble ab. Aba fasst Ode an der Hand und zieht sie auf die Sitzbank. Ode sieht sich um. „In so einem Laden bin ich noch nie gewesen. Ein oder zweimal bei Wimpys, aber das kann man nicht vergleichen."

„Meine Schwester hat mir dieses Café gezeigt. Wir haben hier ihren 18. Geburtstag gefeiert und den Abschluss zur Krankenschwester. Bei diesen Feiern hatte ich den Kaffee, von dem ich dir vorgeschwärmt habe." Unter dem Tisch halten sie weiter einander an der

Hand. Wie es dazu gekommen ist, kann Ode nicht sagen. Es fühlt sich ganz natürlich an, als gehöre ihre Hand in Abas. Ein Kellner tritt an den Tisch und schenkt den Mädchen das weißeste Lächeln, das sie je gesehen hatte. Aba hebt zwei Finger hoch und sagt: „Wir möchten bitte den Kaffee des Hauses bestellen."

„Gerne, Ladies. Darf es ein Shot dazu sein? Karamell, Schoko, Alkohol?" Die Mädchen schütteln gleichzeitig den Kopf.

„Nein, danke, einfach nur Kaffee", sagt Ode und zeigt dem Mann ein liebenswürdiges Lächeln, dass sie bei der Arbeit erlernt hat. Es entspricht seinem. Er nickt, notiert die Heißgetränke und verschwindet im Gewimmel. Das Café ist voll, richtig voll. Bis auf zwei Tische sind alle besetzt. Dazwischen stehen kleine Gruppen, trinken, quatschen und bewegen sich zur Musik. Automatisch beginnt Ode mit dem Fuß zu wippen. Das ist nicht ihre bevorzugte Musik, aber als der DJ von Funk zu Soul wechselt fährt die Melodie durch ihren ganzen Körper. Aba lehnt sich zurück und Ode sieht aus dem Augenwinkel, wie sie sie dabei beobachtet, wie die Musik sie mitreißt. Der Duft von warmen Apfelkuchen mit heißer Vanillesoße wabert durch das Café und vermischt sich mit dem Dampf des Kaffees, den der Kellner vor ihnen abstellt. Ode schließt die Augen und inhaliert das Potpourri. Für einen Moment vergisst sie all die Schrecken der vergangenen Tage: Das Haus in Brand, sogar, dass ihr Bruder angeschossen wurde. Sie verliert sich in diesem Moment. Sie fühlt wie Aba sich vorbeugt, ganz dich an sie heranrückt.

„Na los, probiere schon!", haucht sie an Odes Wange und ihr warmer Atem streicht über ihre Wange. Sie tastet nach der Tasse, fasst den Henkel und nippt an dem Getränk. Der frisch aufgebrühte Kaffee droht, ihre Lippen zu verbrühen. Sie ignoriert den Schmerz und lässt den Kaffee in ihrem Mund gehen, wie damals den Wein beim Wein-Tasting in der Kirche.

„Hmhm, das schmeckt fantastisch!" Sie öffnet ihre Augen und sieht wie Aba bis zu den Ohren strahlt. In ihrem Gesicht scheint die Sonne aufgegangen zu sein. Sie prostet Aba zu und sie stoßen mit den Tassen an. Kaffee schwappt über ihre Finger auf den Tisch. Sie zuckt kurz zusammen, dann lächelt sie und kleine Fältchen bilden sich an ihren Augen. Aba fährt sich mit der Zunge über die Lippen und Ode folgt gebannt der Bewegung. Ihre Haut pulsiert im Gleichklang mit ihrem Herzschlag. Von Sekunde zu Sekunde nimmt er zu. Ihre Blicke verschränken sich, die Kaffeetassen hängen in der Luft. Ode fühlt sich wie an einem Scheidepunkt. Welche Richtung sie einschlägt, entscheidet darüber, ob sie glücklich wird oder den Ahnen verbunden bleibt. Es existiert nur ein Weg. Der eine, an dem alles hängt. Sie sucht die Antwort in Abas Augen. Sie liest dort Wärme und Zuneigung umrahmt von langen schwarzen Wimpern.

„Kann ich euch noch etwas bringen? Ein Stück unseres Blueberry-Cheescakes vielleicht? Oder einen Sex on the Beach?" Ode zuckt zusammen und verschüttet beinahe ihren Kaffee. Der Kellner steht an ihrem Tisch und zwinkert ihnen zu. Am liebsten würde Ode unter den Tisch krabbeln und im Erdboden versinken.

„Nichts Süßes", wirft Aba ein. „Aber vielleicht eine Salat-Bowl? Mit Joghurt-Dressing?"

„Eine gute Wahl, Ladies. Kommt sofort!" Er wischt über den Tisch und geht zum Nachbartisch, um die nächste Bestellung aufzunehmen.

„Salat?" Aba zuckt leicht mit den Schultern. Ihre Wangen glühen.

„Mir ist auf die Schnelle nichts Besseres eingefallen. Und die Salate sind hier wirklich ..."

„Lass mich raten", unterbricht Ode sie. „Einfach fantastisch?"

„Genau!" Aba stützt ihren Ellbogen auf den Tisch, legt ihr Kinn auf der Hand ab und sieht Ode an.

„Hast du schon einen Plan wie es weitergehen soll mit deiner Schule und den Besuchen bei deinem Bruder?" Ode lehnt sich zurück in das federweiche Polster.

„Es sind nur noch wenige Tage bis Weihnachten und somit zu den Ferien. Ich muss noch eine Arbeit schreiben, am Freitag. Ich denke, an dem Tag gehe ich zur Schule und nicht zu meinem Bruder. An all den anderen Tagen möchte ich bei ihm sein." Und eigentlich bei dir, fügt sie in Gedanken hinzu. Inzwischen ist das Café bis auf den letzten Platz gefüllt. Der DJ legt Jazz auf und rund herum um die Mädchen, wippen und tanzen die Männer und Frauen. An der Bar werden offenbar Witze erzählt, denn die vier Frauen dort brechen immer wieder in schallendes Gelächter aus.

„Ist es hier immer so?" Aba nickt.

„Dann gehen hier viele Gäste ein und aus mit hohen Gehältern, oder?" Sie lässt ihren Blick über die Kleidung der Umstehenden wandern. Sie entdeckt Kleidung von der Stange von Pick 'n Pay, aber auch feinere Ware. Labels, die sie nur von Hören-Sagen kennt.

„Ich gehöre hier nicht hin." Von einem auf den anderen Moment fühlt sich Ode hier nicht mehr wohl. „Ich kann mir das alles kaum leisten. Es fühlt sich falsch an, dass ich für Salat und Kaffee Geld ausgebe, wo im gleichen Augenblick meine Familie Mielie Pap über dem Feuer kocht und hoffentlich genug Geld übrig war, um wenigstens Soße für drüber zu kaufen. Es tut mir leid, ich kann das nicht." Ode springt auf und läuft aus dem Café, ohne Rücksicht auf die anderen Gäste zu nehmen. „Warte!", hört sie Aba rufen. Die Hilfsschwester bleibt hinter ihr zurück, bestimmt um zu bezahlen. Ode durchquert die Shopping-Mall im Laufschritt. Im Hauteingang presst sie sich durch eine Gruppe Freundinnen, die ins Innere möchte. Draußen angekommen schnappt sie nach Luft. Die Nacht ist sternenklar und der Mond steht voll über Soweto. Um Odes

Herz hat sich ein Schatten gelegt. Ein Schatten, den der stärkste South-Easter nicht fortblasen kann.

Kapitel 6

Die Nacht ist angefüllt mit Leben. An den Straßenecken haben sich kleine Gruppen von Männern an den Feuern in alten Ölfässern versammelt. Schnapst wird herumgereicht. Ode schlägt einen weiten Bogen um die meist jungen Männer, die bereits angeschlagen vom Alkohol schwanken. Ihr wird zugeprostet. Ode hebt eine Hand, winkt ab und rennt weiter. Nach fünfzehn Minuten im Laufschritt erreicht sie das Memorial. Hier sitzen ihre Klassenkameraden und winken sie heran.

„Hey, Ode!" Kuale ist aufgesprungen und zieht sie in eine Umarmung. „Wie geht es dir? Geht es deinem Bruder gut? Komm, erzähl uns alles!" Sie schiebt Ode auf die Stufen. Neun Schüler aus der Abschlussklasse sitzen dort, wippen zu „Jerusalema" und nippen an ihren Cooldrinks. Das Feuer in einer Schale am Boden tanzt über ihre Gesichter. Alles in Ode sperrt sich, sich dazuzugesellen. Bevor sie Freitag ihre Arbeit schreibt, möchte sie zuvor alle Fragen beantwortet haben. Sie beißt in den sauren Apfel und hockt sich zwischen Kuale und Jabulani, der Überflieger der Klasse.

„Hey, Süße!" Er zieht sie in eine Umarmung, aus der sich Ode mit Nachdruck befreit.

„Lass das, du weißt, dass ich nicht auf dich stehe. Such dir eine andere. Hier, was ist mit Kuale?"

„Lass mich da raus, ich stehe auf größere Jungs." Sie ahmt einen Bodybuilder nach und alle lachen. Jabulani zieht einen Schmollmund. „Dir ist schon klar, dass das in der Birne wichtiger ist, oder?" Kuale schüttelt ihren Kopf und ihr offenes Haar fliegt.

„Ich brauche einen starken Mann an meiner Seite. Er muss mich sprichwörtlich auf den Armen tragen." Ode lächelt. Das Geplänkel wärmt ihr Herz. Sie nimmt Kuale die Dose aus der Hand und nimmt einen Schluck. Sie verzieht ihr Gesicht zu einer Fratze.

„Was ist das? Das schmeckt ja wie aufgelöste Weingummis." Kuale pikt sie in die Rippen.

„Lenk nicht ab. Wir wollen alle hören, was in deinem Leben passiert. Fang ganz vorne an, die Nacht ist lang." Ode verdreht die Augen und nimmt einen weiteren Schluck. Sie räuspert sich.

„Wo soll ich anfangen? Das es in unserer Hütte gebrannt hat, wisst ihr bereits."

„Und riechen wir auch!" Wirft Sipho ein, der eine Stufe über Ode sitzt, und wuschelt Ode durch die Haare. Das Mädchen steckt sich die gelösten Strähnen hinter die Ohren und schlägt ihrem Klassenkameraden auf die Finger.

„Schon verstanden", grummelt sie und fährt fort. „Ich habe von meinen Brüdern erfahren, dass ein Drogen-Deal schiefgelaufen ist.

Der vorher abgesprochene Preis hatte sich erhöht oder so. Auf jeden Fall hat der Verkäufer angefangen mit der Waffe rumzufuchteln. Olwethu ist nicht schnell genug aus der Schusslinie gelangt." Die Worte kommen ihr schwer über die Lippen. Zuzugeben, dass ihre Brüder dealen, fällt ihr nicht leicht. Offen darüber zu sprechen, schon gar nicht. Sie betrachtet ausgiebig ihre Füße.

„Wird dein Bruder es überleben?", fragt Jabulani, seine Augenbrauen wandern nach oben. Ode wringt ihre Hände.

„Ich weiß es nicht. Er liegt im Koma. Die Wunde am Kopf ist ausschlaggebend dafür, wie es mit ihm weitergeht." Kuale zieht sie in eine Umarmung und streicht ihr über den Rücken.

„Wir sind für dich da, das weißt du, oder?"

„Ich weiß", flüstert Ode an ihrem Hals. Jabulani und Sipho klopfen ihr auf den Rücken, die anderen Schweigen betreten. Gewalt ist an der Tagesordnung in Soweto. Wenn es eine Klassenkameradin betrifft, rückt das Verbrechen nah, ins direkte Umfeld. Damit umzugehen, fällt den jungen Leuten schwer, das weiß Ode.

„Danke euch, ihr seid so lieb zu mir. Ich komme Freitag wieder in die Schule. Die anderen Tage verbringe ich bei meinem Bruder." Und hoffentlich mit Aba, fügt sie in Gedanken hinzu.

„Wurde der Täter gefasst? Immerhin hat er deinen Bruder fast getötet?" In Ode steigt bittere Galle auf. Sie dreht sich zu Amandla um, die sie voller Neugier ansieht.

„Keiner redet drüber, alle schweigen wie ein Grab. Die Polizei hat bei den Befragungen kein Wort aus den Leuten herausbekommen. Du weißt doch wie das ist. Wenn keiner redet, ist nichts passiert, wird niemand verletzt." Amandla legt ihren Kopf schief.

„Ich weiß, aber das ist nicht richtig. Der Mann muss ins Gefängnis, sonst geht es immer so weiter." Kuale stimmt zu.

„Du hast recht, klar, aber du weißt doch wie das läuft. Wenn du redest bist du dran."

„Das ganze System stinkt bis zum Himmel", sagt Sipho und prostet Ode zu. „Auf deinen Bruder."

„Genau, überall Korruption, selbst bei der Polizei, denen kannst du doch nicht trauen.", meint Jabulani und stößt mit Sipho an.

„Aber das können wir uns doch nicht gefallen lassen", empört sich Amandla. „Dann endet es nie!" Sie deutet auf das Memorial. „Wofür haben denn unserer Vorfahren hier in Soweto protestiert, he? Sie sind für uns gestorben! Wir treten das Erbe mit Füßen, wenn wir uns nicht wehren!"

„Ich werde meinem Bruder nicht raten, auszusagen. Das wäre Selbstmord! Ich kann ihn nicht auch noch verlieren." Odes Augen glühen.

„Ich kann dich verstehen, aber wir müssen uns doch aus diesem immerwährenden Kreisel raus bewegen. Wenn wir verharren, was sind wir dann für ein Vorbild für unsere Kinder!"

Jabulani klopft Amandla auf die Schulter.

„Du kannst gerne der Vorkämpfer werden, mich findest du aber nicht in der ersten Reihe. Ich denke, nach der Schule ziehe ich fort von diesem Moloch. In irgendein kleines Dorf, wo der Dorf-Sheriff herrscht." Amandla springt auf. „Bin ich wirklich die Einzige hier, die das alles nicht in Ordnung findet?"

„Inhaltlich bin ich bei dir", versucht Ode sie zu beschwichtigen. „Aber ich will nicht auf der Todesliste landen. Du weißt, dass damals bei dem Aufstand hunderte Schüler in Gefängnissen verschwunden sind und nie wieder auftauchten, oder? Ich will nicht so enden, das ist keine einfache Entscheidung. Eher eine pragmatische. Ich habe noch so viel vor in meinem Leben."

„Dann lebt doch wie die Untergebenen. Was ihr da macht ist falsch, egal von welcher Seite man es betrachtet." Amandlas Miene ist gezeichnet von Wut und Frustration. „Wisst ihr was, ich gehe jetzt nach Hause!" Sie schnappt sich ihren Rucksack, tätschelt die Figur auf dem Gedenkstein und verschwindet in der Dunkelheit.

„Ich muss mich auch aufmachen", seufzt Ode.

„Dann begleite ich dich." Jabulani hakt sich bei ihr unter.

„Aber nur wenn du mich nicht anmachst."

„Versprochen." Er zwinkert ihr zu und Ode verdreht die Augen.

„Wir sehen uns Freitag", verabschiedet sie sich vom Rest der Gruppe und taucht mit Jabulani an der Seite in die dunklen Gassen Sowetos ein. Zuhause krabbelt sie zwischen ihre Schwester und ihre Mutter, die bereits schlafen. In der Hütte hängt die abgestandene Luft, vermischt mit Rauch und dem Alkohol, den ihre Mutter abatmet. Ode dreht ihr den Rücken zu und schließt die Augen. Die Flamme der Petroleum-Lampe ist niedrig gedreht und zuckt über die Wände. Die Schatten verfolgen sie in ihre Träume. Es ist kalt. So kalt. Meterlange Neonröhren flackern an der niedrigen Decke. An. Aus. An. Aus. Zwei Pfleger schieben die Bahre den Flur entlang. Es geht abwärts, Wasser tropft von den Wänden. Die Kälte kriecht durch jede Pore, ergreift Besitz von den Menschen, die in einem lang gestreckten Zug den Gang hinablaufen. Tiefer und tiefer geht es hinab. Das Licht nimmt ab, nur noch jede dritte Lampe leuchtet. Der Trauerzug stimmt ein Lied an. Im Gleichklang marschieren sie der Bahre hinterher. Den Gang säumen Türen mit

Nummern in Kalligraphie-Schrift. Darunter sind Namen in Holz graviert. Türe 553 - Olwethu Mabuza, Türe 554 - Olwethu Mabuza - Türe 555 - Olwethu Mabuza. Der Zug hält. Die Pfleger ziehen die letzte Türe auf und schieben die Bahre hinein. Sie heben das Laken vom Körper. Blutüberströmt liegt er da, sein Körper durchlöchert. Ode schreit. Sie fährt aus dem Schlaf hoch. Der Jammerlaut kratzt ihr noch in der Kehle. Sie tastet über ihr Gesicht, es ist tränenüberströmt.

„Was ist los?" Mandla hat sich auf seiner Matte aufgerichtet und starrt Ode an. Sie vergräbt ihr Gesicht in den Händen.

„Ich habe geträumt, dass er tot ist." Sie springt auf und schlüpft in ihre Shorts. Sie nimmt einen Schluck aus der Wasserflasche, der abgestanden schmeckt. Sie schiebt die Türe zum Hinterhof auf und zieht ihr Shirt vom Vortag von der Leine. Die Wäsche flattert sanft im Wind. Ode schüttelt sich, die Nacht scheint so friedlich, doch der Alptraum hat Ode noch in seinen Fängen.

„Was willst du jetzt machen?" Mandla ist hinter ihr aufgetaucht und reibt sich den Schlaf aus den Augen.

„Ich gehe nachsehen. Ich kann nicht bis zum Morgen warten." Ihr Bruder stöhnt und hockt sich auf die niedrige Mauer unter dem Baum. Die Akazie ächzt im Wind. Ode schlüpft in ihre Sneaker.

„Ich muss hin, verstehst du? Es geht um unseren Bruder. Auch
wenn dir das alles egal zu sein scheint." Mandla stöhnt erneut.

„Unter Drogen ist alles so weit weg, viel erträglicher. Ich weiß, das
ist keine Entschuldigung. Ich ... Was soll ich deiner Meinung nach
tun?"

„Oh, die Liste ist lang!" Ode stampft zurück ins Haus. Mandla folgt
ihr und hält sie am Arm zurück.

„Du kannst nicht alleine um die Uhrzeit draußen in den Gassen
rumlaufen. Ich bringe dich hin. Komm!" Ohne Odes Antwort abzuwarten öffnet er die Haustür. Philani und Nothando sitzen auf ihren Betten und starren die Geschwister an. Ode deutet auf Philani.
„Du bringst die Kleine in die Schule." Sie schaut zu ihrer Schwester. „Und du schläfst noch ein bisschen, okay?" Nothando schüttelt
den Kopf, lässt sich aber von ihrem Bruder zurück auf die Matte
drücken. Ode nickt ihren Geschwistern zum Abschied zu und läuft
ihrem Bruder hinterher. Der hat das Ende der Gasse bereits erreicht
und wartet auf sie. Der Donnerstag bricht soeben an. Zwischen die
langen Schatten mischen sich graue Streifen, die Konturen der
Häuser schärfen sich und die Orientierung im Gewimmel der Gassen fällt Ode leichter. Die meisten Häuser sind nicht ans Stromnetz
angeschlossen. Vielen fehlt eine Leitung zu den Wasserwerken.
Wenn die Nacht sich über diesen Teil von Soweit legt, verschluckt
sie die Millionen Hütten und spuckt sie erst beim Morgengrauen
aus. Ihre Schritte knirschen auf den losen Steinen, die vermischt

mit losem Müll den Straßenbelag bilden. Es stinkt nach Abfällen. Die Dämpfe des Unrats steigen von den Gassen auf und legen sich wie eine Haube über das Township. Ode rümpft die Nase. Sie hasten weiter, ohne einer Menschenseele zu begegnen. Ihre Schritte hallen durch den frühen Morgen.

„Wir sind hier auf dem Präsentierteller, das gefällt mir nicht." Mandla zieht Ode weiter. Die Shops am Straßenrand sind vergittert, mit dicken Schlössern gesichert. Ein Hund jault und Ode zuckt zusammen.

„Um Himmels Willen, habe ich mich erschrocken." Ihr Herz pumpt, ihr Atem kommt Stoßweise. Weiter vorne wird es ein wenig heller, sie nähern sich der Main-Road. Sie beschleunigen ihre Schritte ein weiteres Mal, das Knirschen hinter ihnen stammt weder von Hund noch einer Katze. Sie blicken sich nicht um. Jeden Moment glaubt Ode ein kaltes Eisen im Rücken zu spüren. War es eine dumme Idee, jetzt loszulaufen? Der Alptraum sitzt dicht unter ihrer Haut. Zu warten, hätte sie mindestens zehn Jahre ihres Lebens gekostet, da ist sie sich sicher. Die Geschwister verlassen das Gewirr von Gassen und laufen dicht an der Straße, wo um diese Uhrzeit bereits einige Fahrzeuge unterwegs sind. Jeder ist unterwegs. Der Einbrecher, der von einem Bruch in Randburg nach Hause fährt, genauso wie der Gärtner, der nach Sandton zu den Hotels pendelt, um die Beete zu pflegen. Das Gefühl der Sicherheit stellt sich bei Ode ein, als sie bereits einige hundert Meter an der

Straße entlanggelaufen sind. Hunger nagt an ihr. Sie sieht sich nach einem Seven-Eleven um, der bereits geöffnet haben sollte.

„Wir müssen einen Zwischenstopp einlegen. Halt, warte Mandla!" Ihr Bruder scheint sie nicht gehört zu haben. „Jetzt bleib mal stehen!"

„Was ist?" Mandla dreht sich zu ihr um, langsam, als wäre er in Trance. „Ich habe Hunger."

„Willst du was von meinem Zeug? Das hilft." Er nestelt an seiner Hosentasche rum. „Ich habe bestimmt noch was." Ode tritt neben ihn und fasst nach seiner Hand.

„Nein. Ich möchte was Richtiges zu Essen. Ich habe noch ein paar Rand. Ich weiß nicht, ob ich im Krankenhaus etwas kaufen kann, deshalb gehe ich da drüben in den Shop und hole mir jetzt ein Sandwich. Willst du auch etwas?" Mandla schüttelt den Kopf und vergräbt die Hände in den Taschen.

„Warte bitte hier auf mich, ja?" Ode seufzt leise. Bestimmt hatte ihr Bruder auf dem Weg irgendeine Pille eingeworfen. In der Hütte war er ansprechbar gewesen, doch jetzt ... Das gelb-grüne Schild über dem Eingang blinkt, sie betritt den Laden und läuft hinten durch, wo die Kühlregale sich reihen. Sie schaut ganz unten ins Fach, dort sind die preiswerten Waren ausgestellt. Sie schnappt sich ein Chicken-Mayonnaise-Sandwich, in Cellophan eingepackt, und legt dem Kassierer drei Rand auf den Tresen. Wortlos verlässt sie das Seven-Eleven. Draußen reißt sie die Verpackung auf und beißt hinein.

„Wir können weitergehen", sagt sie mit vollem Mund. Sie schubst ihren Bruder, der wie eine Salzsäure nahe der Hauswand steht. „Komm" sagt sie und zerrt ihn an seinem Shirt hinter sich her. „Warst du nicht mitgekommen, um mich zu beschützen?" Sie stößt eine Reihe Flüche aus. So will sie ihren Bruder nicht zurücklassen. Sie packt ihn hart an der Hand und zieht ihn wie einen nassen Sack mit sich. Das erste Schild zur Medi-Clinic taucht am Straßenrand auf und Ode steht die Erleichterung ins Gesicht geschrieben. Es kostet sie viel Kraft, ihren vollgedröhnten Bruder hinter sich her zu schleppen. Die ersten Sonnenstrahlen blitzen hinter den Soweto-Towers hervor, von Odes Stirn perlen Schweißtropfen herab und brennen in ihren Augen. Sie stopft sich die letzten Bissen des Sandwiches in den Mund und wirft die Folie in den Mülleimer an der Bushaltestelle.

„Wie kann man sich nur von Drogen abhängig machen, ich verstehe es nicht, da ist man doch nicht klar bei Verstand", schimpft sie halb zu sich selbst und halb zu ihrem Bruder.

„Was mache ich jetzt mit dir? So kannst du auf keinen Fall mit reinkommen, Junkies sind mit Sicherheit nicht willkommen." Sie reibt sich über die Stirn. Die Mauer, die das Gelände umgibt, taucht neben ihnen auf. Sie laufen sie entlang, bis sie das Gate erreichen. Das Gesicht des Guards ist Ode unbekannt.

„Auch das noch." Sie drückt ihren Bruder an die Mauer. „Bleib hier und warte auf mich. Es war nett, dass du mich hierher begleiten wolltest, aber so bist du leider zu nichts nütze." Sie schaut in eine leere Miene. „Scheiße!" Sie wendet sich von ihrem Bruder ab und geht zum Häuschen. Der Security-Guard begrüßt sie mit neutralem Gesicht, sodass Ode nicht ablesen kann, ob er etwas von ihrer Auseinandersetzung mit Mandla mitbekommen hat. Sie unterschreibt und läuft im Licht der Laternen um das Rondell und steigt die Stufen zur Klinik hinauf. Aus den Blumenampeln an den Säulen tropft Wasser. Unter den Bäumen erkennt Ode den Gärtner, der zur frühen Stunde die Beete an den Gehwegen harkt. Am Empfang sitzt die gleiche Dame wie am Vortag. Heute trägt sie ein T-Shirt mit dem Aufdruck *Proudly South African. Ode* unterdrückt ein Augenrollen und wünscht ihr einen guten Morgen. Die Empfangsdame winkt sie heran.

„Du bist eine Berühmtheit!"

„Wie bitte?" Ode sieht sie unter hochgezogenen Augenbrauen an.

„Ich bin sehr stolz auf dich, Clan-Schwester!" Ode läuft rot an.

„Ich verstehe wirklich nicht." Sie legt ihre Hände auf den Tresen.

„Du bist die Sängerin von der Kinderstation. Die Schwestern haben in den Pausen über nichts anderes gesprochen." Die Röte auf Odes Wangen vertieft sich um einige Nuancen.

„Ich habe meinem Bruder das Wiegenlied vorgesungen, das meine Mutter uns als Kindern ..." Sie stockt. Heute würde ihre Mutter nicht mehr für sie singen. Der Alkohol hatte ihr die Mutter entrissen.

„Das hast du gut gemacht. Weißt du, die Kinder hier sind sehr viel alleine. Auch wenn sie zu mehreren in den Zimmern liegen. Jedes bisschen Aufmerksamkeit hilft ihnen."

„Das meinte auch Schwester Amy."

„Ich wusste gleich, als du gestern hier rein geschneit bist, dieses Mädchen schicken die Ahnen!" Bei der Erwähnung ihrer Vorfahren überläuft Ode eine Gänsehaut. Ihr Großvater sah sicherlich mit Sorge auf ihr Handeln herab.

„Ich bin so früh hier, weil ich geträumt habe, dass mein Bruder in der Nacht gestorben ist." Sie knetet ihre Finger, während Constance - so weist sie das Schild auf ihrer Brust aus - im Computer nach Informationen sucht. Sekunden später blickt sie von ihrem Bildschirm auf.

„Der Zustand von Olwethu ist unverändert." Eine Steilfalte bildet
sich auf ihrer Stirn. „Aber, Mädchen, wenn du so etwas träumst,
darfst du es nicht auf die leichte Schulter nehmen. Über dir braut
sich etwas zusammen. Geh zu einer Sangoma, die soll für dich tanzen. Halte Ausschau!" Verwirrung breitet sich in Odes Brust aus.
Unheil? Sangoma? „Ich kümmere mich darum, aber jetzt muss ich
wirklich zu meinem Bruder."

„Lauf nur, vielleicht kannst du noch einmal singen?"

„Ich überlege es mir", erwidert Ode, da hat sie bereits den Aufzug
erreicht. Wie von Geisterhand öffnet sich die Türe. Sie drückt den
Knopf für die dritte Etage. Die Worte von Constance gehen ihr
durch den Kopf. Sie hatte so viele lose Enden in ihrem Leben, alles
konnte gemeint sein. Ihre Hütte, ihre Mutter, ihr Abschluss, ihre
Brüder ... Die Liste wächst in ihrem Kopf ins Unendliche. Eins nach
dem anderen, mahnt sie sich selbst und steigt aus. Mit ihrem
nächsten Schritt stolpert sie in Aba. Der Alptraum hat sie bis zu
diesem Moment derart fest im Griff, dass sie verdrängt hat, dass
Aba Frühschicht hat. Aba schenkt ihr ein Lächeln, das sie nicht ein-
schätzen kann.

„Guten Morgen", bringt sie hervor. „Das mit gestern tut mir leid.
Bitte, sag nicht, dass es in Ordnung ist, denn das war es nicht. Ich
hätte nicht davonstürzen sollen, wie ein wildgewordener Leopard.
Zu meiner Erklärung möchte ich nur sagen, ich war völlig überfor-
dert. Es war alles zu viel. Ich bin weder so ein Essen, noch so einen

Laden wie das *Brown Sugar* gewöhnt." Ihr Blick irrt durch die Gänge zu ihren Seiten, Abas Blick, der sicherlich zorn-geschwängert ist, kann sie jetzt nicht ertragen. „Hey, das ist in Ordnung, wirklich. Natürlich hat es mir wehgetan, dass du einfach so davongestürzt bist. Ich werde nicht gerne sitzen gelassen." Sie seufzt leise. „Aber ... Vielleicht sagst du mir beim nächsten Mal einfach früher Bescheid, wenn es zu viel wird oder wir gehen an einen Ort, an dem du dich wohler fühlst." Odes Blick schießt zu Aba. „Nächstes Mal?", echoet sie.

„Ja, genau." Eine Last von tausend Steinen fällt Ode vom Herzen. Erst jetzt spürt sie, wie schwer der Abend an ihr genagt hat.

„Ich fahre dir heute hinterher und komme zu deiner Arbeit, und dort gehen wir eine Limo trinken? Oder passt das auch nicht?"

„Doch, dort fühle ich mich wohl. Lass uns das machen." Sie laufen dicht nebeneinander den Gang hinunter, bis sie das Kinderzimmer erreichen. Aba schiebt sich vor Ode hinein und drückt den Schalter für das kleine Licht über Olwethus Bett.

„Alles ist unverändert. Die Ärzte haben beschlossen, ihn noch bis Samstag im Koma zu halten", flüstert sie, damit die anderen Kinder weiterschlafen können. Ode zeiht den Stuhl heran und fasst nach der Hand. Ihres Bruders. Seine Wangen sind eingefallen und sein rundes Gesicht hat eine ungesunde Farbe. Das Strahlen, das Ode so an ihm liebt, ist fort. Wie leblos liegt er da, die Kanülen und

Schläuche die einzigen Verbindungen, die ihn am Leben halten. Odes Kehle schnürt sich zusammen. Wieso hat sie ihn nicht in der Schule halten können? Wie konnte er so weit abrutschen, dass er heute in diesem Krankenhausbett lag? Sie spürt wie Aba hinter sie tritt und ihre Hände auf Odes Schultern ablegt. Sie lehnt sich zurück und lehnt ihren Kopf an Abas Brust.

„Wie soll ich das alles ertragen?", flüstert sie und schaut zu Aba hoch. Ihre Blicke treffen sich. Aba ist der Anker, der sie in diesem Moment im Jetzt hält. Jeden weiteren Moment, den Aba ihre Schultern hält, fällt Anspannung von ihr ab, ihre Muskeln lockern sich. Auf dem Gang läutet eine Betten-Klingel.

„Ich muss los, aber ich komme später wieder." Sie drückt Ode einen sanften Kuss auf die Wange, weich und zart. Um Odes Herz wird es warm, der Kuss fällt wie Sonnenstrahlen hinein. Den Morgen über streichelt Ode die Hand ihres Bruders. Die Monitore leuchten in einem steten Rhythmus. Das enervierende Piepen, hat der Arzt abgestellt und Ode hat ihm dafür gedankt.

„Wir kontrollieren die Vitalwerte vom Schwesternzimmer aus, wir haben ihn im Blick", hatte er Ode beruhigt. Bei jedem Piepen war sie zusammengezuckt, weil sie dachte, der Moment, den sie geträumt hatte, wäre gekommen. Die Morgensonne bringt die Wände des Krankenzimmers zum Leuchten. Die Weihnachtskugeln drehen sich im Wind. Nach und nach haben die Kinder gefrühstückt, bis auf Odes Bruder. Das Mädchen hat ihm von Aba erzählt. Von ihren tiefsten Gefühlen. Die Stille im Kinderzimmer ist zum Schneiden und Ode erwacht aus ihrem Zwiegespräch mit Olwethu. Sie sieht sich um und sieben Augenpaare ruhen auf ihr. Die Kleineren stehen in ihren Bettchen, die Stäbe der Gitter halten sie fest umklammert. Odes Blick wandert über die Gesichter. Hoffnung, Einsamkeit, selbst Resignation liest sie in den Mienen. Sie unterdrückt den Seufzer, der ihr bereits auf den Lippen liegt. An seiner Stelle zaubert sie ein Lächeln hervor.

„Olwethu, was meinst du, welches Lied soll ich singen?"

„Aber der antwortet doch nicht", hört sie ein schwaches Stimmchen. Sie dreht sich auf ihrem Stuhl um.

„Okay, da hast du völlig recht. Hast du einen Wunsch?"

„Den Jungle-Song!"

„Nantsi Ntswempe?"

„Bitte den Clean-Up-Song, ja?"

Die Kinder rufen wild durcheinander, es geht zu wie in einem Bienenschwarm. Aba betritt das Zimmer.

„Ist hier alles in Ordnung?" Ode hebt die Hände. „Alles gut, wir besprechen nur, welches Lied ich als Erstes singen soll." Aba stützt ihre Hände auf der Hüfte ab.

„Ich wäre für Shosholoza." Ode schüttelt den Kopf.

„Ich glaube ich starte lieber mit dem Jungle-Song." Sie kratzt sich die Stirn. „Wie ging das noch einmal?" Das kleine Mädchen im hintersten Bett stimmt an: „Tiger, tiger, orange and Black ..." Die anderen Kinder fallen in das Lied mit ein und Ode klatscht den Takt. Aba beugt sich zu ihr herunter und sagt dicht an ihrem Ohr: „Weißt du schon, was du nach der Schule machen möchtest? Vielleicht solltest du Grundschullehrerin werden, oder Kinderkrankenschwester?" Die Kinder besingen den Elefanten und ein kleiner Junge trötet laut. Ode hält den Daumen hoch und die Kinderstimmen werden voller, selbstbewusster. Aba strahlt Ode an.

„Du bist ein Naturtalent!" Sie streichelt ihr kurz üben Oberarm, dann verlässt sie den Raum. Den Vormittag über bis in den Mittag hinein singen die Kinder gemeinsam mit Ode jedes Kinderlied, dass ihr und den Kleinen in den Sinn kommt. Zwei ihr unbekannte Schwestern betreten das Zimmer mit Tabletts und Ode lässt sich in ihren Stuhl zurücksinken.

„Für heute ist, glaube ich, genug gesungen. Ich verspreche euch, übermorgen komme ich wieder."

„Och, schade!", jammert das Mädchen aus der Ecke.

„Tut mir leid, aber morgen muss ich in die Schule." Ode erhebt sich und die Schwestern schenken ihr ein breites Lächeln.

„Danke, dass du für unsere Kleinen soviel tust!", sagt die gertenschlanke Frau, die gleich vier Tabletts auf ihren Händen balanciert.

„Dann ... bis Samstag!" Ode schaut auf das Namensschildchen. „Bis übermorgen, Schwester Nora." Sie küsst ihren Bruder auf die Wange und verlässt das Zimmer. Am Ende des Ganges sieht sie Aba an einem Wagen mit Verbandmaterial hantieren. Ode tritt neben sie. Aba zuckt zusammen.

„Um Himmels willen, ich habe dich überhaupt nicht kommen hören." Sie hebt die Packung mit Handschuhen auf, die sie fallen gelassen hat. „Gehst du jetzt zur Arbeit?" Ode legt den Kopf zur Seite.

„Eigentlich würde ich lieber bleiben." Sie weiß, hier auf dem Gang, darf sie sich Aba nicht weiter nähern. Jede Faser in ihr sehnt sich danach, Aba zu berühren. In deren Augen sieht sie, dass es ihr sehr ähnlich zu ergehen scheint.

„Wir sehen uns später an der Waterfront, ja?" Sehnsucht schwappt in ihr hoch. Abas volle Lippen wirken auf sie wie ein Magnet. Sie reißt sich von dem Anblick der Hilfsschwester los, indem sie ihren

Kopf schüttelt. Sie schenkt Aba ein Lächeln, das sie sonst noch niemandem geschenkt hat.
118

„Bis heute Abend vor dem Restaurant!" Sie dreht sich auf dem Absatz um, um jeden Gedanken an einen Kuss direkt im Keim zu ersticken.

Kapitel 7

Odes Tag bei der Arbeit dehnt sich wie Kaugummi. Sie wird kribbelig in ihren Knochen, bis ins Mark. Um die Zeit schneller verstreichen zu lassen, hilft sie in der Küche aus, worüber Coco mit seinem zahnlosen Grinsen Begeisterung zeigt, und sie staubt die Falschen im in den Regalen hinter der Bar ab. Sie klettert auf eine Leiter, um die beleuchteten Glasvitrinen von oben bis unten abzuwischen. Selbst die Muscheln in den Netzten, die unter der Decke gespannt sind, entstaubt sie. Solomon steht mit verschränkten Armen dabei und dirigiert sie herum, bis Ode die Nase voll hat und den Wedel vor seine Füße knallt.

„Mach es doch selber!" Sie streckt ihm die Zunge heraus und schnappt sich das Tablett mit vier Biergläsern. Die Plätze auf der Terrasse zum See sind bis zum letzten Platz gefüllt. Die abendlichen Sonnenstrahlen bringen die Wasseroberfläche zum Glühen. Es weht eine leichte Brise, die die Hitze des Tages erträglicher macht. Aus dem Restaurant gegenüber bringt der Wind den Duft von gegrillten Steaks mit. Ode läuft das Wasser im Mund zusammen. Wie an so vielen Tagen zuvor hat sie kaum gegessen. Das Sandwich vom Morgen ist alles, was ihren Bauch bis zu dieser Stunde gefüllt hat. Ihr Kalorienbedarf ist selten gedeckt, das Hungergefühl nie gänzlich fort. Während der Arbeit ist sie über Stunden von Essen umgeben, das sie sich nicht leisten kann. Sie windet sich zwischen den Tischen hindurch, die eine Reisegesellschaft, von einundzwanzig Personen, zusammengestellt hat. Sie schnattern wie die Enten und Ode versteht kein Wort. Näher am Wasser sitzen vier Männer, jenseits der sechzig, schätzt sie, ihre weiße Haut von der Sonne verbrannt. Angler tippt sie. Vor ihnen stellt sie das Bier ab. Sie klemmt den Bon unter eines der Gläser und dreht sich um. In diesem Augenblick kneift ihr der Mann, der ihr am nächsten sitzt, in den Hintern. Empörung wallt in ihr auf. Sie zwingt ein Lächeln auf ihre Lippen und dreht sich um.

„Tut mir sehr leid, aber ich bin schon vergeben. Mein Freund ist recht besitzergreifend. Das sollte er besser nicht sehen! Er würde Ihnen zeigen, wie wir Probleme in Soweto lösen. Das wollen wir alle nicht." Mit Schwung dreht sie sich um. Ihr erzwungenes Lächeln wandelt sich in ein Grinsen, das sie augenblicklich unterdrückt, denn ihre Chefin tritt aus dem Lokal. Sie nickt Ode zu, auf ihrem Gesicht liegt der Ausdruck von Zorn, den sie geschickt unterdrückt. Würde Ode sie nicht seit vielen Jahren kennen, sie hätte es nicht erkannt. Alice beugt sich zu Ode.

„Den Tisch übernehme ich!"

„Danke", entgegnet Ode leise und eilt zurück in die Kühle des Innenraumes. So oft sie sich über die Argusaugen ihrer Chefin beschwert hat; heute ist sie dankbar dafür. Alice ist ein seltenes Exemplar von Geschäftsleitung. Ihr sind alle Angestellten gleich wichtig, egal welcher Abstammung sie sind oder welche Geschichte sie mitbringen. Alles, was für sie zählt, ist die Arbeitshaltung und damit einhegende Zuverlässigkeit. Ein Stein fällt Ode vom Herzen. Wenn sie den Männern weiter Bier hätte servieren müssen, hätte sie nicht dafür garantieren können, dass ihre Fäuste nicht im Gesicht des Mannes gelandet wären. Der Übergriff ist nicht der erste für sie. Im Township glauben viele Männer, dass Frauen Freiwild gleichen und packen zu. An die Brust, an den Hintern, in den Schritt, völlig ungehemmt. Jedes Mal verspürt Ode das Gefühl von Demütigung. Es ist tief in ihr verankert und wird genährt von Zorn und Rachegefühlen. Wenigstens an der Waterfront dachte sie bis jetzt, geschützt zu sein. So sehr kann ich mich täuschen, denkt sie voll Verbitterung und läuft hinter den Tresen, ein Bollwerk zwischen ihr und dem Rest der Welt. „Es tut mir leid, die Chefin und ich haben von hier gesehen, was passiert ist." Solomon steht neben ihr und macht die Andeutung, sie in den Arm ziehen zu wollen. Odes Zornesfalten halten ihn zurück. Sie weicht einen Schritt zurück. Der Barkeeper würde sich ihr nicht ungefragt nähern, aber für diesen Tag hat Ode die Nase voll.

„Ich bin froh, dass ich nicht mehr an dem Tisch bedienen muss. Schade um das Trinkgeld." Sie zuckt mit den Schultern und streckt sich. „Ich mache dann mal hier drinnen weiter." Die letzte Stunde ihres Dienstes kümmert sich Ode um die Gäste im Innenraum. Es geht zu wie in einem Ameisenhaufen und Ode schwirrt der Kopf. In Europa sind Weihnachtsferien hat ihr ein Gast aus Frankreich erzählt. „Wieso kommen die Leute hier hin? Sie können Jesu Geburt mit Schnee und Tannenbaum feiern. Stattdessen fliegen sie nach Südafrika und lassen sich verbrennen. Versteh ich nicht!" Solomon hatte bei ihrer Frage die Mundwinkel runtergezogen.

„Keine Ahnung. Aber Schnee hätte ich jetzt auch gerne. Wenn ich gleich nach Hause fahre, werde ich einfach in der Abendhitze zerschmelzen."

„Aber nur, weil du ein paar Kilo zu viel auf den Rippen hast", neckte ihn Ode. Die letzten Sonnenstrahlen hat der Nachthimmel geschluckt. Ode ist in ihre Alltagskleidung geschlüpft und lehnt am Geländer ein paar Meter abseits des Restaurants. Ihr Blick schweift über den See, den Lampen unter Wasser erleuchten. Der Springbrunnen plätschert und rund um das Gewässer hocken Paare. Manche trinken Sekt, andere teilen sich eine Schale Pommes frites, wobei sie sich gegenseitig mit den Kartoffelstäbchen füttern.

„Hey." Arme legen sich um Ode und Abas warmer Atem streicht ihr über die Wange. Die Berührung löst ein Chaos an Gefühlen in Ode aus. Ein Teil von ihr möchte mit Aba verschmelzen, der andere Teil weiß mit der Situation nicht umzugehen. Ihre Wangen glühen, als stünde sie direkt neben einem gezündeten Ölfass. Sie befiehlt ihren Gliedern, sich zu entspannen und lässt sich in die Umarmung gleiten. Abas Lippen wandern über ihren Hals und hinterlassen eine brennende Spur. Die Küsse sind angefüllt mit Sanftheit. In Ode steigen Tränen auf, denen sie freien Lauf lässt. Eine solche Flut an Gefühlen ist neu für sie. Gefühle, die jenseits von Hass, Wut und Zorn angesiedelt sind. Gefühle, die sie zu einem Ganzen werden lassen. In Zeitlupe dreht sie sich zu Aba um. Ihr Gesicht liegt im Schatten, doch ihre Augen glühen. Ode legt ihre Hände auf Abas Hüfte und ihre Finger fahren Abas Kurven nach. Sie beugt sich vor und ihre Lippen treffen sich. Noch nie zuvor hat sie jemanden geküsst, doch ihre Lippen scheinen wie von Geisterhand geführt und liebkosen Abas. Erkunden ihre Mundwinkel, ihre Grübchen. Ihre Zungen treffen sich und in Ode explodiert ein Feuerwerk. Soweto ist weit weg. Hier in Randburg kann sie Ode sein, nicht Liyana. Das erste Mal in ihrem Leben ist ihr Körper völlig weich. Schmiegt sich Abas Bewegungen an und jedwede Anspannung fällt von ihr ab. Ihre Zungen tanzen und schmecken die Süße der anderen. Ode liebt Aba, eine Gewissheit überkommt das Mädchen, die nicht abzuschütteln ist. Die Küsse schmecken nach viel mehr. Ein Wärmestrom durchfließt ihren Körper, ihre Finger wandern weiter und weiter. Lautes Gelächter lässt sie erwachen, sie erinnert sich, wo sie beide sich befinden, und Ode löst sich widerwillig aus Abas Umarmung. Sie verschränken ihre Hände miteinander.

„Hey", antwortet Ode mit Verspätung und Aba prustet los. Die Stimmung ist gelöst, als sie über die Bohlen laufen und die Auslagen in den Geschäften betrachten. Von drinnen fallen Lichtkegel auf den Steg und leuchtet den Nachtschwärmern. Einige Touristen folgen dem Beat afrikanischer Rhythmen, die aus der Diskothek schallen und Ode grinst. „Als ob wir jeden Tag ausschließlich solche Musik hören würden. Glauben die das wirklich?"

„Ich mag diese Melodien", erwidert Aba. „Aber eben nicht nur. Ich mag auch vieles aus den Charts. Egal ob amerikanisch, europäisch oder afrikanisch. Hauptsache die Musik geht ans Herz." Ode betrachtet die Handtaschen, die vor dem Laden an einer Stange baumeln. Sie fährt mit ihren Fingern über die Noppen auf dem Leder.

„Ich höre sehr gerne Kwaito. Aber meine Möglichkeiten, Musik zu hören, sind begrenzt. Wir haben kein Radio und keinen Fernseher. Ich hatte nur meine Bücher zur Unterhaltung. Honey, unsere Nachbarin, besitzt ein Radio, da weht das Gedudel manchmal zu uns in den Hinterhof." Sie schlendern weiter. Bei Wimpys holt sich jede einen Liter Coke. Mit den Getränken setzen sie sich auf einen Steg, der aufs Wasser hinausführt, schlüpfen aus ihren Schuhen und tauchen ihre Füße ins Wasser. Tausend Gedanken schwirren Ode durch den Kopf. Soll sie mit Aba darüber sprechen, was eben passiert ist? Waren sie jetzt ein Paar? Konnten eine Volljährige und eine Minderjährige überhaupt ein Paar sein? Und wenn ja, durfte sie mit Aba zusammen sein? Ode brummt der Kopf. Aba legt ihren Kopf schief und sieht sie aus ihren dunkelbraunen Augen an.

„Alles in Ordnung?" Ode nickt und stellt ihren Becher neben sich ab.

„Ja, es ist nur alles neu für mich." Ihr Blick wandert zu dem Tretboot, das gerade aus der Dunkelheit auftaucht und vor ihnen seine Kreise zieht.

„Für mich auch", sagt Aba leise. „Für mich auch." Sie streichelt mit ihrem Daumen über Odes Handrücken. „Aber ich habe bereits am ersten Tag diese Anziehung gefühlt. Du warst da noch nicht einmal bei Sinnen." Sie lacht vor sich hin. „Du wurdest eingeliefert und hattest deinen Rucksack fest umklammert, obwohl du ohnmächtig warst. Als du dann deine Augen geöffnet hast, fühlte ich ..."

„... mich angezogen wie ein Magnet", beendet Ode Abas Satz.

„Genau so war es."

„Aber wir dürfen das nicht. Meine Ahnen haben mich gewarnt." Ode hasst sich dafür, dass sie das sagt. Sie hält Abas Hand ganz fest. „Aber Ahnen können sich irren, oder?" Sie sieht Aba an, die ihr Gesicht verzieht, als hätte sie in eine Zitrone gebissen.

„Ahnen vielleicht schon, aber die Gesellschaft hat ihr eigenes Bild. In den Townships herrscht eine klare Ordnung: Mann heiratet Frau, Frau kriegt Kinder, Mann geht arbeiten, mit ein bisschen Glück ..." Die Worte sickern in Ode ein wie Gift.

„Das ist mir egal. Ich will das hier. Ich war noch nie so sehr ich selbst. Ich war noch nie so ... verliebt." Ihre Wangen brennen, als sie ihre Gefühle gesteht.

„In Soweto ist keine Toleranz für diese Art von Liebe", seufzt Aba. „Aber ich will das hier genauso wie du. Wir nehmen jeden Tag, wie er kommt und schauen was er bringt." Odes Blick hängt an Abas vollen Lippen. Sie beugt sich vor und schmeckt die Süße des

Cooldrinks. Ihre Zunge fährt die Konturen der Lippen nach. Aba greift in den Stoff von Odes Shirt und zieht sie zu sich heran. Die sanften Küsse enthalten Funken der Leidenschaft. Bevor sich das Feuer endgültig entzünden kann, löst sich Ode von Aba.

„Ich muss nach Hause. Morgen habe ich meine letzte Prüfung vor den Ferien." Sie legt ihre Hände an Abas Wangen. „Wirst du morgen auf meinen Bruder aufpassen? Nach der Schule fahre ich direkt zur Arbeit." Sie legt ihre Stirn an Abas. „Wann sehen wir uns wieder?" Sie löst sich und sieht Aba an.

„Ich habe eine Idee. Freitags abends gehe ich in unserer Gemeinde in den Kirchenchor. Hast du Lust mitzusingen?"

„Ich kann nicht singen." Aba malt Punkte auf Odes Stirn mit ihrem Zeigefinger.

„So ein Quatsch, ich habe dich gehört, du bist ein grandioser Mezzosopran mit einem Hauch von Rauch in der Stimme."

„Hast du mir gerade einen Vogel gezeigt?" Aba nickt ernst, ihre Lippen fest zusammengepresst, um nicht loszuprusten.

„Wenn du das sagst", erwidert Ode ebenfalls ernst, „dann muss ich wohl mitkommen. Allerdings kann ich nicht früher von der Arbeit fort." Sie drückt sich von den Bohlen ab und steht auf. Sie hält Aba ihre Hand hin und zieht sie auf die Beine.

„Ich komme dann nach. Welche ist deine Kirche?"

„Die Methodist-Church auf der anderen Seite der Main-Road in der Nähe des De La Rey. Die Kirche hat nur einen großen Raum, da musst du nicht lange suchen." Hand in Hand verlassen sie die Waterfront. Erst an der Bushaltestelle lösen sie sich voneinander. Sofort fehlt Ode etwas. Sie nehmen den vorletzten Bus zurück nach Soweto. Durch die sternenklare Nacht fährt Ode sehr gern. Unter den Sternen fühlt sie sich frei. Und heute ganz besonders. Der nächste Morgen bringt bereits vor Sonnenaufgang eine trockene Hitze, die Ode husten lässt. Sie hat in der Nacht keinen einzigen Blick mehr in ihre Mathematik-Unterlagen geworfen. Das bereut sie heute morgen. Die letzten Tage haben ihr kaum Zeit gelassen, irgendetwas für die Schule zu lernen. Nachdem sie sich angezogen, einen Rooibush-Tea getrunken und kaltes Mielie Pap gegessen hat, verlässt sie die Hütte. Nothando hat ihr bereits dreimal gesagt, wie froh sie ist, nicht mit ihrem Bruder gehen zu müssen. Ode hat sie unter hochgezogenen Augenbrauen angesehen, allerdings hat sie sich nicht getraut zu fragen, warum. Leise ziehen die Mädchen die Tür ins Schloss. Ein weißes Flattern erregt Odes Aufmerksamkeit. Unter einem Stein liegt ein Umschlag. Odes Finger zittern, als sie die Lasche löst. Briefe verheißen nie etwas Gutes. Das weiß sie aus vielen Jahren Erfahrung. Sie überfliegt den Schrieb.

„Was wollen sie dieses Mal?", will Nothando wissen. Ode lässt das Blatt sinken.

„Die Police-Officer wollen, dass Olwethu eine Aussage machen kommt. Je eher desto besser." Sie öffnet die Tür.

„Philani! He, wach auf!"

„Ich komme ja schon, ich dachte, du bringst Nothando zur Schule." Er tritt in den Flur, seine Augen sind vom Schlaf verquollen.

„Mache ich ja auch. Aber du musst heute zur Polizeistation laufen und denen mitteilen, dass Olwethu nicht in der Lage ist, eine Aussage zu tätigen. Ich will nicht, dass sie eines Tages hier auf der Schwelle stehen. Dann können wir uns gleich eine Zielscheibe aufs Haus malen." Sie reicht Philani das Schreiben. „Sag ihnen, sobald Olwethu aufwacht ... ach, sag einfach gar nichts. Nur das er im Koma liegt. Alles klar?" Philani nickt und reibt sich die Augen.

„Aber erst, wenn ich ausgeschlafen habe. Ich drücke dir die Daumen für deine letzte Prüfung."

„Danke, kann nur schlecht laufen. Bis heute Abend. Kauf ordentliches Essen von meinem Gehalt, okay. Ach ja, bevor ich es vergesse: Morgen hat Mutter Geburtstag. Sie wünscht sich ein Tuch mit Perlen nach traditioneller Art. Geh ihr eines kaufen bei den Schwestern, die haben eine schöne Auswahl. Aber lass Lindiwe wählen, sie hat als Verkäuferin einen besseren Geschmack als du." Sie wartet ab, bis Philani nickt. „Jetzt müssen wir uns beeilen." Sie fasst nach Nothandos Hand und sie laufen los, im Strom der anderen

Menschen, die zu dieser frühen Stunde auf dem Weg zur Arbeit sind. Pünktlich zum Appell erreichen sie das Schultor. Ode atmet immer noch heftig, als sie sich zehn Minuten später auf ihren Platz in der Klasse fallen lässt. Kuale scheint völlig entspannt. Ode ächzt.

„Ich kann nichts. Verdammt." Sie zieht ihren Bleistift aus der Schultasche und lässt ihn durch ihre Finger wandern. Fünf Minuten nach dem ersten Gong betritt der Direktor das Klassenzimmer mit einem Stapel Blätter auf dem Arm.

„Guten Morgen, liebe Schüler. Leider ist Miss Sisipho krank und ich übernehme ihre Vertretung. Sie hat eine Grippe und liegt mit Fieber im Bett. Daher müsst ihr mit mir Vorlieb nehmen." Jabulani stöhnt theatralisch hinter Ode und Sipho fällt mit ein. Der Direktor droht ihnen mit dem Zeigefinger.

„Ich habe zwar schon lange keine Mathe mehr unterrichtet, aber an der Uni war ich sehr gut darin. Aber eigentlich ist das egal, denn ihr müsst die Aufgaben lösen, nicht ich."

„Das wird eine Katastrophe", stöhnt Ode in ihre Hand. „Miss Sisipho hätte wenigstens Hinweise gegeben, das wird der Direktor nicht tun."

„So, Tische auseinander, sie heißen nicht umsonst Einzelpulte." Lautes Gemurmel erhebt sich, als die Schüler aufstehen und die Schreibtische auseinanderziehen.

„Jetzt haben wir Matrik-Bedingungen, gewöhnt euch schon einmal daran!" Er verteilt vor den Schülern die Bögen. Ode wirft einen Blick darauf. Einige Aufgaben sind Multiple-Choice, das erleichtert Ode ein wenig, hier kann sie Punkte bekommen. Einfach immer B ankreuzen. Sie zückt ihren Bleistift und versucht sich an den Aufgaben. Die Zeit vergeht zu schnell. Bei Rechnungen, wo sie auf keine Antwort kommt, kreuzt sie einfach an, was ihrem eigenen Ergebnis am nächsten zu sein scheint. Am Ende der vierten Stunde fühlt sie sich völlig ausgelaugt. Sie setzt ihren Namen und das Datum oben in die Ecke und gibt ihre Mathematik-Arbeit am Lehrerpult ab. Da Miss Sisipho krank ist, fallen die letzten drei Stunden aus. Ode läuft ins Nachbargebäude und hält nach ihrer Schwester Ausschau. Als der Gong erklingt, strömen die Schüler auf den Hof. Ode fängt Nothando an ihrer üblichen Stelle ab und sie gehen gemeinsam zur Essensausgabe.

„Wie war es?", will Nothando wissen. Sie stellen sich in der langen Schlange an.

„Nicht so gut, ich musste viel raten. Eines weiß ich ganz sicher: Nach der Schule möchte ich auf jeden Fall nichts mit Mathe machen." Nothando kichert.

„Ich schon, ich liebe Rechnen. Da macht einfach alles Sinn. Ich mag Regeln." Die Schlange rückt zentimeterweise vor. Ode wuschelt ihrer Schwester durchs Haar.

„Ich weiß, wir haben zu Hause nicht viele Strukturen. Dafür hätten eigentlich unsere Eltern sorgen müssen." Sie macht einen Schritt aus der Reihe, um zu schauen, was so lange dauert.

„Ich kann es einfach nicht." Sie sieht ihre Schwester an. „Strukturieren, meine ich. Wie soll das gehen? Jeden Tag passiert ein unvorhergesehener Mist, auf den man sich neu einstellen muss. Ich würde mir wünschen, unser Leben hätte mehr Konstanten, neben der Konstante Hunger." Nothando fasst nach ihrer Hand und zieht Ode zurück in die Reihe. „Kommst du heute wieder mit deiner Klassenkameradin nach Hause?", fragt Ode die Kleine.

„Die ist doof, muss ich jetzt immer mit ihr gehen?" Ode legt ihren Arm um Nothandos Schultern.

„Auf jeden Fall. Zu zweit ist es viel sicherer. Ich will nicht, dass dir auch noch etwas geschieht. Also beißt du in den sauren Apfel und gehst mit ihr gemeinsam nach Hause." Sie sind vorn am Tresen und die Frau reicht zwei Teller herüber, von denen heißer Dampf aufsteigt.

„Heute gibt es Hühnchen in Mango-Mais-Soße, guten Appetit!"

„Danke!" Ode nimmt die beiden Essen auf dem Tablett entgegen und legt Besteck aus einem Körbchen daneben. Sie zupft Servietten aus einem Spender.

„Es ist so heiß draußen, können wir hier drinnen essen?" Nothando
sieht ihre Schwester von unten herauf an.

„Na klar, komm, wir suchen uns einen Platz." Ode lässt ihren Blick
über die Tische schweifen. In der hinteren Ecke der Mensa sieht
Ode zwei freie Plätze am Achtertisch. Zielstrebig geht sie darauf
zu. Nebeneinander hocken sie sich an den auf Hochglanz polierten
Melanin-Tisch. Ode schiebt sich einen Löffel mit Hühnchen und
Mango in den Mund und die Süße explodiert in ihrem Mund.

„Ist das gut!" Nothando rührt in ihrem Essen und zieht Kreise.
„Spiel nicht mit deinem Lunch, es ist wirklich gut." Ode nimmt den
nächsten Löffel.

„Hast du eine neue Freundin?" Nothando sieht sie aus ihren dunklen Augen an, der Löffel schwebt über ihrem Essen. Ode verschluckt sich an dem Bissen und hustet. Ihr Löffel fällt ins Hühnchen und sie schlägt sich die Hand vor den Mund, bis sie zu Atem
kommt.

„Freundin?"

„Ja, die aus dem Krankenhaus. Ihr kanntet euch, aber ich kenne sie
nicht. Wer ist das?" Eisige Kälte durchfährt Ode von Kopf bis zu
den Füßen.

„Sie ist nur eine Hilfsschwester. Ich kenne sie, weil sie mich versorgt hat nach dem Brand in der Hütte." Sie wischt sich mit der Serviette die Essenreste aus den Mundwinkeln. Der Hunger ist ihr vergangen. Was hatte ihre Schwester gesehen?

„Ach so", meint diese und rührt weiter in ihrem Essen.

„Es klingelt gleich, du solltest langsam mal anfangen zu essen." Ihre Schwester löffelt den Mais auf, aber die Steilfalte auf der Stirn Nothandos entgehen Ode nicht und Besorgnis nistet sich in Odes Herz ein.

Kapitel 8

Mit Magenschmerzen fährt Ode zur Arbeit. Das Nagen in ihren Gedanken lässt während des Servierens nicht nach und die leichte Übelkeit begleitet sie bis zum Dienstschluss. Sie hat vergessen die Blumen im Restaurant und auf der Terrasse zu gießen und verpasst ihren Bus, als sie ihre Aufgabe nachholt. Sie hetzt durch die Shopping-Mall und erreicht den nächsten Bus, kurz bevor er abfährt. Völlig außer Puste fällt sie in die zerfetzten Polster und sieht in die Nacht hinaus. Anstatt zur Kirche zu fahren, sollte sie sich lieber um die Geburtstagsvorbereitungen für ihre Mutter kümmern. Aba wäre sehr enttäuscht, wenn sie nicht kam. Ode fühlt sich hin- und hergerissen. Die Bushaltestelle der Methodist-Church rückt näher und Ode schluckt hart gegen ihre Zweifel an. Nomandia oder Aba? Sie springt auf, bevor sie sich umentscheiden kann. In dem Augenblick, wo der Bus hält, ist sie bereits zur Tür hinaus. Eine Querstraße weiter sieht sie den schmalen Kirchturm und sie schlägt die Richtung ein. Die Sehnsucht nach Aba zieht sie wie ein Gummiband zur Methodist-Church. Um einem Quietschen vorzubeugen, schiebt sie die hölzerne Tür Stück für Stück auf. Von drinnen schwillt ihr eine Melodie voller Schönheit entgegen. Helle und dunkle Stimmen vermischen sich zu einer Einheit. Ode geht jeden Sonntag in die Kirche, aber der Chor ihrer Gemeinde singt lange nicht so wundervoll, wie dieser es tut. Sie schließt die Tür und läuft zwischen den Bänken nach vorn. Mit verschränkten Armen bleibt sie in der ersten Reihe stehen. Der Chor steht aufgefächert um den Altar, in den Händen halten sie Notenblätter. An der Seite steht ein

E-Piano, das den Gesang begleitet. An den Tasten sitzt ein Mädchen, nicht älter als Nothando. Vielleicht geht sie sogar in die
Klasse ihrer Schwester, überlegt Ode. Das Lied verklingt und die
Dirigentin winkt sie heran. „Du wurdest uns angekündigt, von unserer fantastischen Lead-Sängerin Aba." Ode reißt die Augenbrauen hoch. Sie hatte nicht geahnt, dass Aba derart gut ist.
„Möchtest du mit uns singen?" Ode zuckt die Schultern.

„Ich bin nicht besonders gut im Singen ..."

„Doch, ist sie!", wirft Aba ein und grinst sie an. „Sie ist ein Mezzo,
sie sollte sich zum Alt stellen."

„Dann machen wir das so", sagt die Dirigentin und schiebt Ode
nach rechts zu einer Gruppe von fünf Frauen. Sie begegnen ihr mit
einem freundlichen Lächeln und Ode stellt sich nach ganz außen.
Die Dirigentin drückt ihr ein Blatt Papier in die Hand. Dann winkt
sie dem Mädchen am Piano, den ersten Akkord anzuspielen. Ein
Moll-Klang erfüllt die Luft und wärmt Odes Herz. Ode kann keine
Noten lesen, aber nachdem sie zweimal die Melodie gehört hat,
stimmt sie beim dritten Mal mit ein. Die Töne fahren ihr bis in die
Seele und reißen sie mit hinfort. Aba steht ein paar Meter von ihr
entfernt und Ode fängt ihre Blicke auf. Der Gesang lässt Aba er-
strahlen und Ode empfindet eine Nähe zu ihr, die sie noch nie zuvor zu einem anderen Menschen empfunden hat. Natürlich liebt
sie ihre Familie über alle Maßen, doch dieses Gefühl ist neu. Intensiver, deutlicher in seinen Umrissen. Ode spürt, was sie will. Der

Wunsch nach Nähe nimmt Überhand und sie muss sich zwingen, die Konzentration nicht zu verlieren. Sie singen noch drei weitere Lieder, bis die Dirigentin sie in die Nacht entlässt. Alle reden durcheinander, als sie gemeinsam das Gebäude verlassen. Aba und Ode verabschieden sich vom Rest der Gruppe und laufen in Richtung Bushaltestelle. Als Ode sicher ist, dass sie niemand mehr beobachtet, fasst sie nach Abas Hand.

„Das war gar nicht so schlecht", gesteht sie Aba. „Es war, als würde ich mein Innerstes heraus singen." Aba nickt, ihr Gesicht liegt im Schatten. „Deshalb gehe ich dort hin. Es ist nicht meine Gemeinde, aber der Chor ist super und die Leute mag ich sehr. Wir sind eine Familie geworden. Die Musik ist ein guter Ausgleich zum harten Alltag." Ode betrachtet Aba von der Seite. Immer wieder muss sie sich ins Gedächtnis rufen, dass es Aba in ihrer Kindheit ebenfalls nicht leicht hatte. Sie drückt die Hand ihrer Freundin, denn so bezeichnet sie sie insgeheim. Als ihre Freundin.

„Kommst du mit mir zum Seven Eleven? Ich möchte meiner Mutter zum Geburtstag morgen noch einen kleinen Kuchen kaufen."

„Gerne, dann nehme ich von dort den Bus nach Hause." Ode löst ihre Hand und legt ihren Arm um Abas Taille. Der Duft von Rosen steigt ihr in die Nase und umhüllt sie wie ein schützender Kokon.

„Wer war das Mädchen an den Tasten?" Aba lacht leise.

„Das ist unsere Pianistin. Sie ist die Tochter von Mbale, der Dirigentin. Sie ist ein echtes Naturtalent. Leider haben sie kein Geld,
um sie klassisch ausbilden zu lassen. Die Kleine könnte weltweit
zu Ruhm gelangen, wenn sie richtig gefördert würde."

„Das ist so unfair", seufzt Ode.

„Wann ist es das nicht?" Aba sieht Ode an und drückt ihr einen
Kuss auf die Wange. Sie treten in das Licht des Seven-Eleven und
lösen sich voneinander. Ode läuft an den Regalen vorbei, direkt
zum Verkaufstresen.

„Guten Abend, ich bräuchte einen Kuchen, habt ihr da noch welche
zur Auswahl?" Der Junge hinter dem Counter kratzt sich an der
Stirn.

„Weiß nicht, ich bin nur die Aushilfe, der Chef hat Grippe."

„Okay, trotzdem danke." Ode lässt den Blick über die Regale
schweifen. „Schau mal da drüben verkaufen sie Riegel, vielleicht
gibt es dort auch die verpackten Kuchen." Ode nickt.

„Gut gesehen." Sie schenkt Aba ein breites Lächeln. Sie laufen
durch den Gang, Odes Augen wandern über die Angebote. Aba
steht an einer Kühltruhe und deutet hinein.

„Hier wäre ein Kuchen mit Obst und Schokolade." Ode schüttelt
den Kopf.

„Das geht leider nicht, wir besitzen keinen Kühlschrank, und morgen wäre der gute Kuchen matschig, das wäre schade." Sie will den
Laden bereits verlassen, da fallen ihr Brownies ins Auge. Sie zieht
zwei Packungen aus dem Regal.

„Die gehen auch. Ich stecke eine Kerze hinein und Tadaa, der Ge-
burtstagskuchen ist angerichtet." Aba lacht.

„Perfekt." Sie bückt sich nach einer Packung mit Stumpen-Kerzen,
wobei Ode nicht umhinkommt, ihren wohlproportionierten Hintern zu bewundern. Hastig schaut sie sich um und bestaunt die
Auslage verschiedener Seifen. Sie greift nach einer mit Rosenauf-
druck und fügt sie ihrem Einkauf hinzu. An der Kasse bezahlt sie
die Waren und verlässt an der Seite von Aba den Laden. Ode
seufzt.

„Ich möchte noch nicht nach Hause, aber es ist schon spät und ..."
Aba verschließt ihren Mund mit einem Kuss. Hitze breitet sich zwischen ihnen aus, als ihre Zungen tanzen. Ohne voneinander zu lassen, zieht Ode Aba in eine Nische neben dem Laden, hinter die Pa-
piercontainer. Abas Hände streicheln über Odes Brüste, ihre Nip-
pel verhärten sich unter der Berührung. Sie knabbert an Abas Unterlippe und lässt ihre Zunge über den Hals bis zum Ansatz des
Dekolletés wandern. Aba stöhnt unter ihren Küssen, ihre Hände

krallen sich in Odes Pobacken. Hinter ihnen ertönt ein Knirschen, dann ein Fiepen und Aba und Ode fahren auseinander. Aba zieht sich ihre Bluse zurecht und sieht sich um. „Hoffentlich war das nur eine Ratte", flüstert sie und tritt aus der Gasse. Ode folgt ihr. Sie streicht ihr Oberteil zurecht und steckt ihre Haare mit einer Klammer fest. Tiefes Bedauern steigt in Ode empor. Würde es nun immer so gehen? Heimliche Treffen und noch heimlichere Küsse in irgendwelchen Ecken? Der Gedanke zerreißt sie.

„Ich muss nach Hause. Es tut mir leid." Was ihr leid tut, muss sie nicht aussprechen, sie liest es in Abas Miene. Ihre Wege trenne sich und Ode läuft schnellen Schrittes durch die Dunkelheit nach Hause. Sie investiert ihr letztes Trinkgeld in ein Busticket. Am Samstagmorgen springt sie von ihrer Matte. Ihre jüngeren Brüder und ihre Mutter schlafen noch. In der Hütte ist die Luft zum Schneiden und Ode schiebt die Türe zum Hinterhof auf. Sie saugt die klare Luft tief in ihre Lungen. Sofort fühlt sie sich erfrischt. Es scheint ein kühlerer Tag zu werden. Sie legt Feuerholz nach und gießt frisches Wasser aus dem Kanister in den Topf. Sie packt die Brownies alle aus und richtet sie auf einem Teller an. In das Schokostück in der Mitte steckt sie eine Kerze. Sie stellt den Teller unter die Akazie in den Schatten. Dann kümmert sie sich um den Tee und packt den Schal, den Philani besorgt hat, in Zeitungsreste. Sie verschnürt das Päckchen mit einer alten Kordel und legt es neben die Brownies. Aus der Hütte holt sie fünf Becher, bestückt sie mit Rooibush-Tee und übergießt die Beutel mit kochendem Wasser. Zufrieden bewundert sie ihr Werk. Sie summt ein Lied, welches sie am Vortag im Chor gelernt hat. Sie holt die beiden Gartenstühle aus dem Inneren und stellt sie gegenüber dem Mäuerchen, das die Akazie umgibt. So können sie gemeinsam sitzen und den Geburtstag der Mutter feiern. Ein Schatten fährt über Odes Gesicht. Einer wird heute nicht dabei sein, ihr kleiner Bruder. Ihr Herz verengt sich, ihre Muskeln krampfen. Der Gedanke schmerzt sie. Sie geht zum Teller und nimmt einen Brownie. Sie packt das Stück in einen weiteren Papierrest und verstaut den kleinen Kuchen in ihrem Rucksack. Sie würde ihn später mit zu ihrem Bruder nehmen. Nach und nach finden sich ihre Brüder im Hinterhof ein, als letztes erscheint ihre Mutter mit verquollenen Augen. Die Alkoholfahne weht Ode entgegen und sie wendet sich ab. Sie bückt sich nach dem Teller mit den Brownies. „Usuku olumnandi lokuzalwa kuwe", sagen Nomandias Kinder im Chor und Ode zündet die Kerze an. Sie dreht sich zu ihrer Mutter um und hält ihr den Teller entgegen. Philani schnappt sich das Päckchen und grinst seine Mutter an. Ode sieht in ihren Augenwinkeln eine Träne glitzern. Sie überwindet sich und zieht ihre Mutter in eine feste Umarmung. Nomandia erwidert diese leicht. „Danke, dass ihr daran gedacht habt", sagt sie und lässt sich auf den Gartenstuhl fallen. Philani drückt ihr das Päckchen in die Hand.

„Das haben wir Liyana zu verdanken, die hat sich um alles gekümmert." Mandla klaut sich ein Schokostück vom Teller.

„He!" Ode klopft ihm auf die Finger. „Erst Mutter!" Sie zieht den Teller an sich und hält ihn ihrer Mutter unter die Nase.

„Danke!" Die Augen ihrer Mutter leuchten, als sie hineinbeißt.
„Jetzt noch das Geschenk, öffne es!" Nomandias Finger zittern
beim Öffnen des Knoten. Sie lässt die Schur neben sich fallen und
zerreißt das Papier. Es klopft an der Tür.

„Wir sind hinten!", ruft Mandla und kurz darauf erscheint Honey
im Türrahmen, in ihrer Hand ein Strauß Blumen.

„Setz dich zu uns." Ode schiebt Honey auf den anderen Stuhl und
reicht ihr einen Brownie. Die Geschwister hocken sich auf die niedrige Mauer. „Der ist wunderschön!" Nomandia befühlt den Stoff
des Kopftuches. Perlen, die im Sonnenlicht glitzern, sind in das
Kopftuch eingewebt. Blau, rot und grün wechseln sich in Streifen
ab, weiße Perlen runden das Geschenk ab. Nomandia wickelt sich
den Stoff geschickt um den Kopf.

„Steht dir ausgezeichnet", lobt Honey. „Mandla, hol von drinnen
den Eimer für die Blumen!", weist Ode ihren Bruder an, der aus-
nahmsweise ohne Murren ihrer Bitte folgt. „Wer kommt denn
heute mit mir zu Olwethu?", fragt Ode in die Runde. Sie genießt
ebenso wie der Rest ihrer Familie das Beisammensein, aber einer
fehlt, das möchte sie nicht unausgesprochen lassen. Nothando reißt
ihren Arm hoch und Ode schenkt ihr ein Lächeln. „Was ist mit
euch?" Ihr Blick wandert von ihren Brüdern zu ihrer Mutter. „Soweit ich weiß, ist niemand von euch bisher im Krankenhaus gewesen", schiebt sie nach, der Gedanke, dass ihre Familie nicht den
Bruder besuchen geht, liegt ihr schwer auf der Seele. Philani knetet

seine Finger. Ihm entfährt ein lauter Seufzer, dann sagt er an Ode gewandt: „Ich komme mit, auch wenn ich Krankenhäuser hasse."

„Mich lassen die sowieso nicht rein", meint Mandla zu niemandem bestimmten und schiebt sich eine Tablette in den Mund.

„Mutter?" Ode betrachtet die Frau auf dem Stuhl. Abgemagert und völlig in sich zusammengesackt sitzt sie da. Nomandia nippt an ihrem Tee und Ode liest in ihren Augen, dass sie sich wünscht, es wäre Alkohol in dem Heißgetränk. Honey schüttelt sacht den Kopf.

„Geht ihr drei zu eurem Bruder, ich bleibe bei dem Geburtstagskind." Ode nickt ergeben. Sie hat es nicht anders erwartet. „Wenn dann alle soweit sind, würde ich mich gerne auf den Weg machen. Ich will ein bisschen Zeit mit Olwethu verbringen, bevor ich zur Arbeit muss. „"Wird deine Freundin da sein?" Nothando sieht sie von unten an. Ode schüttelt ihren Kopf, dass die Haare fliegen.

„Ich kenne doch nicht die Dienstpläne von all den Schwestern, keine Ahnung, wer heute da ist." Mit fahrigen Fingern flechtet sie ihre dicken Haare zu einem noch dickeren Zopf. Sie nippt ein letztes Mal an ihrem Tee und schiebt sich noch einen Brownie zwischen die Zähne.

„Kommt, lasst uns gehen!" Sie schnappt sich ihren Jeansrucksack und stürzt aus dem Haus. Konnte Nothando es nicht lassen von

Aba als ihrer Freundin zu sprechen? Worauf hatte sich ihre Schwester festgenagelt? Ode fühlt sich unwohl bei dem Gedanken, dass ihre clevere Schwester Eins und Eins zusammengerechnet hat. Am Ende der Straße holen ihre Geschwister Ode ein. „Jetzt warte doch mal!", beschwert sich Philani. „Nothando kommt nicht mit." Ode bleibt stehen und sieht schuldbewusst zurück zu ihrer Schwester, die sie soeben erreicht.

„Es ist Wochenende und Ferienbeginn, hör auf so zu hetzen!", schimpft Nothando.

„Du hast recht", seufzt Ode. „Es tut mir leid." Sie verlangsamt ihre Schritte und die Geschwister laufen durch die schattigen Gassen des Townships. Rauschschwaden wabern zwischen den Hütten hindurch und beißen in Odes Augen. „Wann bekommen wir endlich Strom?" Philani reibt sich ebenfalls die Lider. Ode zieht ihre Geschwister weiter. Am Ende der Gasse treffen sie auf frische Luft, als sich vor ihnen die große Straße eröffnet. Ode lacht bitter. „Erst einmal müssen die schönen Vororte versorgt werden. Dann die Geschäftsgebäude in Johannesburg. Wir stehen ganz am Ende der Liste. Manche Townships in Soweto sind noch schlechter dran als wir." Sie laufen die Straße hoch, bis sie das Krankenhaus erreichen. Dort tragen die Geschwister sich in die Besucherliste ein und werden eingelassen. Ode führt Philani und Nothando durch die Klinik. In der dritten Etage steigen sie aus dem Aufzug. Vor der Tür des Kinderzimmers stehen zwei Schwestern und ein Arzt und scheinen mit jemandem in Inneren zu sprechen. Ode beschleunigt ihren Schritt, ihr Magen dreht sich um.

„Irgendetwas stimmt nicht", sagt sie an Philani gewandt. Ihre Sneaker quietschen auf dem Linoleumboden, als Ode den Flur hinunter hastet. Sie bleibt hinter Schwester Nora stehen und tippt ihr auf die Schulter. „Was ist da los, hat es mit meinem Bruder zu tun?" Ohne eine Antwort abzuwarten, drängelt sie sich hindurch und erstarrt. Um das Bett ihres Bruders stehen zwei weitere Ärzte und Dr. Zindela winkt sie heran.

„Du kommst gerade recht, wir haben deinen Bruder aus dem Koma geweckt. Schon in der Nacht haben wir die Sedierung auslaufen lassen. Er sollte jeden Moment die Augen öffnen." Ode treten die Tränen in die Augen.

„Können sie dann auch sofort feststellen, ob er bleibende Schäden hat?" Eine Hand schiebt sich in Odes. Nothando steht ganz dicht neben ihr mit weit aufgerissenen Augen. Ode beugt sich zu ihr hinab. „Wenn dir das hier zu viel wird, kannst du mit Philani unten in den Garten gehen, der ist wundervoll. Was meinst du?" Ihre Schwester zuckt mit den Schultern.

„Ich weiß nicht ... ich habe Angst." Ode zieht Nothando in eine feste Umarmung.

„Das weiß ich doch, Kleines."

„Wir ziehen jetzt den Beatmungsschlauch und schauen, ob Olwethu von alleine atmen kann."

„Philani, nimm die Kleine und geht hinunter in den Garten. Ich
hole euch, sobald ich glaube, dass Nothando das alles hier besser
verkraftet." Ihr Bruder nickt und greift nach Nothandos Hand. Erleichterung steht ihm ins Gesicht geschrieben. Hätte sie ahnen können, dass heute der Tag ist, an dem Olwethu zurück ins Leben ge-
holt wird? Ode zittert am ganzen Körper und lässt sich auf den
Stuhl plumpsen. Sie lässt den Ärzten und den Schwestern Platz,
damit sie an den Geräten hantieren können. Das Geräusch, als der
Schlauch aus Olwethus Lunge gezogen wird, verursacht Ode Übelkeit. Eine Krankenschwester saugt den Schleim ab, damit die
Atemwege frei sind. Odes Blick flackert zwischen der Brust ihres
Bruders und dem Gesicht von Dr. Zindela hin und her.

„Der Puls ist kräftig, das ist ausgezeichnet."

„Atmet er?" Odes Körper ist erfasst von Panik. Dr. Zindela ver-
sperrt ihr die Sicht und beugt sich über ihren Bruder. Die Schwestern und Ärzte scheinen erstarrt, kein Laut ist zu hören. Selbst die
Kinder im Zimmer geben keinen Mucks von sich, als spürten sie,
dass etwas Wichtiges vor sich geht. Dr. Zindela richtet sich auf. „Er
atmet selbstständig. Allerdings braucht der Junge jetzt eine Sitzwa-
che. Wenigstens für die nächsten Stunden. Wir müssen sicher gehen, dass er nicht wieder aufhört zu atmen. Schwester Nora, sie
setzen sich die nächsten zwei Stunden neben das Bett, dann

werden sie abgelöst." Die Schwester schiebt einen Stuhl neben Ode und tätschelt ihre Hand.

„Aber seine Augen sind noch geschlossen."

„Olwethu hat es jetzt in der Hand, wann er die Augen öffnet. Seine Vitalwerte sind soweit es geht in Ordnung. Ich ordne für morgen ein EEG an."

„Was ist das?" Ode ist die Verstörtheit ins Gesicht geschrieben.

„Mit einem EEG messen wir die Gehirnwellen. Das ist wichtig, um festzustellen, ob der kleine Kämpfer Schaden genommen hat. Wir müssen jetzt von Tag zu Tag schauen. Gib deinem Bruder Zeit, die wird er brauchen. Dein Kommen ist wichtig für seine Genesung." Der Arzt deutet auf die anderen Kinder. „Ich würde mir wünschen, bei den Kleinen würde mal jemand kommen", fügt er mit gesenkter Stimme hinzu. „Unsere Schwestern können nicht die Eltern ersetzen, oder wie in deinem Fall, die Geschwister. Wir geben unser Bestes, aber das ist nicht genug. Die Kinder brauchen Wärme und Liebe, damit werden sie schneller gesund." Der Arzt besieht sich die Monitore und nickt. „Ich werde alle halbe Stunde reinkommen und die Fortschritte kontrollieren. Ich denke, du kannst deine Geschwister wieder reinholen. Wenigstens für einige Augenblicke." Ode nickt und fasst nach der Hand ihres Bruders. Ihre Gefühle gleichen einem puren Chaos. Schweigend sitzt sie neben Schwester Nora. Ihr Bruder liegt unverändert da. Nur dass sich nun seine

Brust von alleine hebt und senkt. Ode ist weder nach Singen noch Sprechen. Die Stunde der Wahrheit naht und sie weiß nicht, was sie fühlen soll. Sie räuspert sich.

„Ich gehe kurz hinunter und hole meine Geschwister, ich bin gleich zurück."

„Nimm dir Zeit, Mädchen, das ist alles ein bisschen viel. Hol dir in der Mensa einen Kaffee oder Tee, auch deinen Geschwistern." Sie nestelt an ihrer Schürze und zieht einen Schein heraus.

„Das kann ich nicht annehmen."

„Doch, das kannst du. Nimm es als Dankeschön für die Zeit, die du mit den Kindern verbracht hast. Du bist Balsam auf ihre verwundeten Seelen." Ode will erneut ablehnen, dann besinnt sich und nickt. Sie greift nach dem Schein. „Vielen Dank, das ist wirklich lieb. Ich komme gleich wieder." Sie schiebt sich das Geld in die Shorts und verlässt das Kinderzimmer. Draußen im Garten schaut sie sich nach ihren Geschwistern um. Sie betritt den Rasen und überquert ihn. Einige Patienten sitzen verstreut auf den Bänken und Stühlen, unterhalten sich oder halten ihre von Blässe gezeichneten Gesichter in die Sonne. Ihre Geschwister entdeckt sie nicht. Sie läuft bis zu den Bäumen nahe der Mauer. „Philani? Nothando?" Leise ruft sie die Namen ihrer Geschwister. „Wir sind hier." Ode dreht sich um. Da sitzen die beiden im Schatten eines Baumes am

Fuß des Stammes, mit den Gesichtern zur Mauer. Oder läuft zu ihnen hinüber.

„Versteckt ihr euch hier?" Philani zuckt mit den Schultern.

„Wir wollten Ruhe. Auf dem Rasen hat uns dauernd jemand angequatscht. Ob wir was brauchen, oder so. Wir habe uns ein schattiges Plätzchen gesucht und gefunden." Er grinst und zeigt seine strahlend weißen Zähne.

„Dann kommt mal mit. Ich habe ein paar Rand. Davon holen wir uns drinnen jetzt Getränke und einen Snack." Sie reicht Nothando die Hand und zieht sie auf die Beine. Nebeneinander laufen sie zurück zum Hintereingang und folgen den Schildern zur Cafeteria. Bis auf zwei Tische, an denen Patienten mit Infusionsständern sitzen, ist der Raum leer und Ode atmet auf. Sie nähern sich der Vitrine und besehen sich die Auslagen. Preise kann Ode nicht entdecken. Eine Frau mit Kochmütze kommt von hinten durch eine Tür und strahlt die Drei an. „Was kann ich denn für euch tun?" Ode zieht den Schein aus der Tasche und reicht ihn ihr.

„Bekommen wir dafür Cooldrinks und einen Snack?" Die Köchin reibt sich das Kinn. „Lasst mal sehen. Mögt ihr Limo?" Die Geschwister nicken unisono. „Dann habt ihr hier schon einmal eine Flasche mit weißer Limonade und drei Gläser." Sie stellt alles auf ein Tablett. „Worauf habt ihr den Hunger? Sandwiches? Riegel?

Suppe? Samosas?" Ode schaut ihre Geschwister an. „Was wollt
ihr?" Nothando deutet mit ihrem Zeigefinger auf die Samosas.

„Gute Wahl, Mädchen." Mit einer Zange holt die Köchin drei Samosas aus der Vitrine.

„Ich hätte gerne ein Erdnuss-Sandwich", sagt Philani und Ode
nickt zustimmend.

„Für mich auch bitte das Sandwich." Sie schielt zu den Samosas.
Die Köchin legt jeweils ein Sandwich auf einen Teller und schiebt
das Tablett rüber.

„Einen Moment noch." Sie eilt in die Küche und ist nach wenigen
Sekunden zurück. „Hier habe ich noch zwei Pudding für euch.
Lasst es euch schmecken." Sie zwinkert Ode zu und wendet sich
dem nächsten Gast zu, der gerade die Cafeteria betreten hat. Sie suchen sich einen freien Platz mit Sicht auf den Garten. Ode verteilt
die Teller und schiebt Nothando einen Schokoladen-Pudding zu.
Den anderen stellt sie zwischen Philani und sich. „Den teilen wir
uns, okay?" Der Junge nickt und beißt ein großes Stück aus dem
Sandwich. Während sie essen, erzählt Ode von den Geschehnissen
oben auf der Station.

„Das heißt, Olwethu kann wieder ganz gesund werden?", will ihr
Bruder mit vollem Mund wissen.

„Alles kann passieren. Das ist so frustrierend. Er kann kerngesund und fit aufwachen oder eben auch nicht." Ode sieht ihren Bruder an. „Bist du auf der Polizeiwache gewesen?" Der Junge nickt.

„Wir sollen Bescheid sagen, sobald Olwethu aufwacht, dann kommen sie ins Krankenhaus, um ihn zu befragen. Es gibt einen Verdächtigen, aber niemand will auspacken." Wut brandet in Ode hoch.

„Und dann soll Olwethu das übernehmen? Er macht sich und uns zur Zielscheibe für die Gangs, wenn er auspackt. Falls er überhaupt noch eine Erinnerung an das hat, was geschehen ist." Nothando sieht von ihren Samosas auf.

„Das ist doch die Lösung?" Ode beißt in ihr Sandwich.

„Was für eine Lösung?", fragt sie.

„Ist doch klar. Wir müssen Olwethu nur einbläuen, dass er sich wegen der Kopfverletzung an nichts erinnert." Sie grinst Ode an.

„Das ist auf jeden Fall eine Idee, allerdings ist damit nicht der Teil gelöst, dass sie hier ins Krankenhaus zur Befragung kommen. Auch Krankenhäuser haben Augen und Ohren und für ein paar Rand geben auch Pfleger oder Krankenschwestern Informationen weiter. Ich hoffe einfach, dass sie vergessen, dass sie von Olwethu eine Aussage wollen."

„Das ist illusorisch", sagt Philani. „Aber ein Versuch wert." Sie stapeln die leeren Teller aufeinander und Philani erklärt sich bereit, das Geschirr zur Abgabe zu bringen. Gemeinsam verlassen sie die Cafeteria und fahren mit dem Aufzug in die dritte Etage. Ode deutet auf Nothandos Mund. „Du hast da noch Saucenreste von den Samosas in den Mundwinkeln." Ihre Schwester wischt sich mit dem Ärmel der Bluse über den Mund und Ode verdreht die Augen.

„Die musst du heute Abend auswaschen, sonst bleiben die Flecken." Die Aufzugtür schiebt sich auf und ein weiteres Mal an diesem Tag laufen sie den Gang hinunter, bis zum Kinderzimmer. Die Vorhänge sind vorgezogen und Stille liegt über dem Raum. Schwester Nora bedeutet ihnen leise zu sein.

„Mittagsschlaf", flüstert sie den Dreien zu und bedeutet ihnen, sich Stühle heran zu ziehen und sich zu setzen. Philani sieht seinen Bruder aus weit aufgerissenen Augen an. Unter Nothandos Lidern pressen sich Tränen hervor. In Schwester Noras Miene liest Ode Mitleid.

„Alles ist unverändert", sagt die Schwester mit gedämpfter Stimme. „Vielleicht öffnet er auch erst morgen die Augen." Nothando nickt und flüstert zurück: „Olwethu hat sich schon immer mehr Zeit für alles genommen, als andere Leute. Das ist nicht schlimm." Schwester Nora lächelt der Kleinen zu. Ode nimmt die

Hand ihres Bruders in ihre. Sie fühlt sich kalt und feucht an. Seine Lider bewegen sich, aber er öffnet sie nicht.

„Träumt er?", fragt Nothando.

„Vielleicht. Oder er hört die Stimmen von euch und sie kommen ihm bekannt vor. Möglicherweise bringen sie ihn näher an die Oberfläche seines Bewusstseins." Nothando tritt neben Ode und beugt sich an ihr Ohr. „Ich möchte auch einmal seine Hand halten." Sie schiebt sich auf Odes Schoß und übernimmt von Ode die Hand ihres Bruders. Mit ihrem Finger der anderen Hand zeichnet sie Bilder auf Olwethus Arm.

„Das mag er."

„Ich weiß." Ode nickt ihrem Bruder zu. „Aber wir müssen uns auf den Weg machen. Ihr müsst nach Hause und ich zur Arbeit." Sie schiebt ihre Schwester herunter und streckt ihr Kreuz. „Bis morgen!" Sie winken Schwester Nora zu und verlassen das Kinderzimmer. Ode zieht die Tür hinter sich ins Schloss. „Und das machst du jeden Tag." Philani sieht Ode unter hochgezogenen Augenbrauen an.

„Das ist unser Bruder, natürlich komme ich so oft wie möglich her. Ich kann ihn doch nicht so alleine hier im Krankenhaus liegen lassen. Das ist doch schrecklich. Niemand möchte alleine sein, vor allem nicht, wenn es einem so schlecht geht."

„Aber es ist schwer zu ertragen", meint Philani leise und reibt sich die Augen. „Ja, das ist es. Aber wir sind eine Familie und füreinander da."

Kapitel 9

Am Sonntagmorgen kann Ode niemanden in ihrer Familie dazu bewegen, mit ihr ins Krankenhaus zu gehen. Auf dem Weg dorthin gehen ihr die Gedanken wie ein Wirbelsturm durch den Kopf. Wann wird sie Aba wiedersehen? Ihr Herz ist leer ohne die Frau mit den Grübchen und den großen braunen Augen. Eine Glasflasche rollt ihr vor die Füße und Ode stolpert. Sie stürzt auf ihre Knie und fängt sich mit ihren Händen ab.

„Autsch, tut das weh." Sie zupft sich den Split aus den Schürfwunden und schaut sich um. Etwa zwanzig Meter entfernt steht ein schlaksiger Junge, der ihr den Rücken zudreht.

„He, hast du das extra gemacht?!" Sie schlägt sich den Staub von der Hose und läuft ein Stück in die Gasse hinein. Der Junge entfernt sich im gleichen Abstand. Ode zögert. Soll sie ihm hinterherlaufen? Wenn sie ihn erwischt, was dann?

„Pass beim nächsten Mal besser auf!", schreit sie ihm hinterher. Ein junges Paar dreht sich nach ihr um. Die Frau schüttelt den Kopf. Ode will die Gasse verlassen und zur Hauptstraße zurückkehren. Im Durchgang stehen zwei Männer mit Malinois an ihren Seiten, ihre Körper durchtrainiert und Goldringe an allen Fingern. Ode verlangsamt ihre Schritte, ein ungutes Gefühl beschleicht sie. Die gemauerten Häuser reihen sich dicht aneinander, ohne Durchgänge zwischen ihnen. Es sind ungefähr zehn Meter bis zur

Hauptstraße, aber die Männer versperren den Weg. Die Türen zu den zweistöckigen Häusern sind verschlossen, die Fenster blicklos und leer. Ode hört hinter sich das Scharren von Füßen. Sie wirft einen Blick über die Schulter, eine Gruppe von mindestens fünf Personen nähert sich in ihrem Rücken, die dunklen Mienen fixieren Ode. Sie überläuft es eiskalt. Härchen stellen sich an ihren Armen auf. An den Kampfhunden schafft sie es niemals vorbei. Sie dreht sich ein weiteres Mal auf dem Absatz um. Sie sprintet der Gruppe entgegen. Als schwächste Mitglieder macht sie zwei Mädchen auf der linken Seite aus, die halb verhungert aussehen. Auf sie stürzt sie zu, zieht den Ellbogen hoch und rammt ihn dem ersten Mädchen ins Gesicht. Hände packen nach ihr, sie duckt sich unter ihnen weg und mit einer halben Drehung tritt sie dem anderen Mädchen in die Kniekehle. Ohne sich um die Schreie zu kümmern, stößt sie sich mit Schwung von der Hauswand ab. Ihr Rucksack springt auf ihrem Rücken auf und ab. Ode rennt. Läuft um ihr Leben. In der Gasse hastet sie zwischen Straßenverkäufern und Waschfrauen hindurch. Ihre Füße fliegen über den Schotter. Sie läuft im Zickzack und ihr wilder Blick sucht die Umgebung nach einer Fluchtmöglichkeit ab. Der Weg verläuft schnurgerade, ohne Abzweigungen. Sie keucht, ihre Lunge brennt. Die Schreie des Mobs sind nicht mehr fern. Tränen rollen über ihre Wangen.

„Lesbe, bleib stehen!" Der Schmerz durchzuckt sie wie ein Blitz. Ein Schlag mit der Faust hätte sie nicht schlimmer verletzen können. Roter Staub wirbelt von ihren Füßen hoch. Was ist falsch an ihrer Liebe? Wenn die Hitze sich zwischen ihren Körpern

ausbreitet, dann ist es wahrhaftig. Abas Lippen auf ihren: pures
Gefühl. Gemeinsam im Hinterhof sitzen, Limonade trinken und
den Sonnenuntergang genießen. In all diesen Momenten findet ihre
Liebe statt. Eine frische Liebe, ein unbekanntes Gefühl. Und doch ...
Der Mob keucht in ihrem Nacken. Ode versteht Wortfetzen, die zu
ihr hinüberfliegen, und der Hass verbrennt ihren Rücken.

"Bleib stehen, Lesbe!" Ihr Herz schmerzt. Ihre Lunge pumpt. Die
Liebe geheim zu halten, war ein Muss. Herausgefunden hat es
trotzdem jemand. Die Gasse mündet in einen Platz mit kleinen Geschäften rings herum. Zu dieser Uhrzeit sind die Gitter herunterge-
fahren. Die wenigen Fußgänger weichen dem Mädchen aus.

„Bitte helfen Sie mir", presst Ode zwischen ihren Lippen hervor.
Ein Mann zuckt mit den Schultern, sie ist bereits weitergesprintet.
Ihr Körper schmerzt. Sie hat den Platz überquert, der Mob ist direkt hinter ihr. Ode biegt in eine Gasse, sie weiß nicht mehr wo sie
ist. Strähnen lösen sich aus ihren Zöpfchen, verkleben an ihrer
Wange. Der Staub wirbelt unter ihren Füßen auf. Dieser Teil Sowetos ist mit Armut und Vorurteilen gepflastert. Odes Sicht verschwimmt. Abas Lächeln verzaubert. Ode hatte nicht sofort verstanden, dass dieses besondere Lächeln nur ihr galt. Ode hatte es
erwidert, ein ums andere Mal. Sie war Abas Einladung zum Mit-
singen im Kirchenchor gefolgt. Wie von allein hatten sich ihre
Hände gefunden, als hätten sie schon immer zusammengehört.
Aba hatte die drei Worte in den Wind geflüstert, doch sie hatten
Ode erreicht und ihr Herz zum Beben gebracht. Wieso ist das alles

falsch? Ist Liebe nicht Liebe? Gehetzt sieht sie sich um. Die Verfolger sind bis auf wenige Schritte heran. Ein Stein fliegt und trifft sie an der Schulter. Der scharfe Schmerz durchzuckt Ode. Sie gerät ins Stolpern, fängt sich und entwischt mit einem Sprung nach vorn ihren Peinigern. Ihre Füße fliegen über den Sand. Um Hilfe rufen, bringt nichts. Viele Menschen glauben, Homosexualität müsste geheilt werden. Selbst die südafrikanische Polizei würde sie demütigen und verhöhnen. Das Mädchen schluchzt auf. Aba ist ihr sicherer Hafen, ihre Zuflucht. Was, wenn sie ihre Freundin nie wieder sieht? Die Verzweiflung verleiht ihr neue Kraft. Ode gewinnt ein paar Meter an Vorsprung, sieht in der Ferne die Leuchtreklame des Supermarktes. Hoffnung keimt in ihr auf. Ein weiterer Stein fliegt über sie hinweg und prallt an einem Ölfass ab.

"Ich schaffe das!", flüstert sie.

"Wir haben dich gleich!", triumphieren ihre Verfolger. Ode will nicht *geheilt* werden. Sie will lieben: und zwar Aba allein. Mit ihr tanzen, singen, lachen und streiten.

Der Eingang des Supermarktes schwingt vor Ode auf und sie stürzt hinein, rast zwischen den Regalen hindurch, auf der Suche nach dem Hinterausgang.

"Was soll das?", schreit ihr die Frau hinterher, die Ode beinahe umgerannt hätte.

"Tut mir leid!", ruft das Mädchen über ihre Schulter, die Verfolger kann sie nicht mehr sehen. Ohne ihre Schritte zu verlangsamen, hetzt sie durch den Hinterausgang und versteckt sich in einer großen Mülltonne. Kriecht tief hinein. Dort verharrt sie zwischen Schmutz und Dreck, der zum Himmel stinkt, bis die Nacht sich übers Land legt. Jeder einzelne Knochen in ihrem Körper schmerzt und pocht. Ihre Seele schreit. Was soll sie nur tun? Sie schaufelt den Müll beiseite, den sie über sich gehäuft hat. Sie horcht in die Nacht. Es ist still. Zu still. Odes Beine zittern. Sie hievt ich über den Rand des Containers und wartet, bis sich ihre Augen an die Dunkelheit gewöhnt haben. Die Umgebung schält sich aus der Dunkelheit und Ode wagt es, aus dem Container zu Boden zu springen. Sie knickt ein, da ihre Beine unter ihr nachgeben. Sie hockt auf dem Boden und nimmt ein paar tiefe Atemzüge. Der Supermarkt hat längst geschlossen und Ode späht um die Ecke. Vorsichtig schiebt sie ihren Kopf Stück für Stück vor, um einen Blick auf die Straße zu erhaschen. Möglicherweise hat der Mob Patrouillen auf den Weg geschickt, um sie abzufangen. Sie setzt einen Fuß vor den anderen, jeden Moment bereit, zurück in den Container zu stürzen, doch keiner ihrer Verfolger lässt sich blicken. Völlige Erschöpfung hängt ihr in den Gliedern. Sie zwingt sich, ihre Umgebung im Auge zu behalten, doch bis auf zwei Hunde, die sich um den Unrat streiten, bleibt es ruhig. Sie schlägt die Richtung ein, in der sie glaubt, dass die Klinik liegt. Mehrere Stunden irrt sie durch die engen Straßen eines Teils von Soweto, der ihr völlig unbekannt ist. In der Ferne hört sie endlich das Rauschen von Autos, die durch die Nacht rasen. Die Hauptstraße muss ganz in der Nähe sein. Sie beschleunigt ihre Schritte und läuft dicht an den Häuserwänden entlang, eingetaucht in die tiefsten Schatten. Bremslichter rasen durch ihr Blickfeld und sie hält darauf zu. Erleichterung durchfährt sie, als sie nach weiteren hundert Metern die Straße erreicht hat, die zur Klinik hinaufführt. Tränen springen in ihre Augen. Mit ihrer Faust pocht sie den Security-Guard aus dem Schlaf. Er schiebt die Tür des Häuschens auf uns starrt sie an.

„Ist es ein Notfall?"

„Ich bin verletzt, ich muss in die Notaufnahme." Der Wärter zückt die Taschenlampe und leuchtet Ode ins Gesicht. Er lässt das Licht über ihren Körper gleiten und bleibt an ihrer Schulter hängen, dann an ihren Knien.

„In Ordnung, ich mach dir auf. Du weißt, wo du hinmusst?"

„Ja, danke", bringt Ode hervor und schluckt hart gegen die erneuten Tränen an. Sie drückt sich durch den Spalt. Erst auf dem Krankenhausgelände fällt die Last von ihr ab und ihr wird bewusst, dass ihr Leben nie mehr so wird, wie es einmal war. Sie umrundet das Rondell und schaut zur dritten Etage hoch. Vereinzelt fällt Licht in die Nacht, die meisten Patienten schlafen noch. Sie schlägt den Weg zum Haupteingang ein. Die Schiebetüren öffnen sich automatisch und warmes Licht empfängt sie. Sie geht zum Empfangstresen und findet Constance vor, die in ihrem Stuhl eingenickt ist. Ode umrundet den Counter und stupst die Frau in den

Oberarm. Constance schreckt hoch uns sieht sie aus weit aufgerissenen Augen an. Sie blinzelt und rückt sich im Stuhl zurecht.

„Um Himmels willen, bei den Ahnen, hast du mich erschreckt." Sie setzt sich kerzengerade auf. „Wie siehst du denn aus?" Constance springt auf und drückt Ode, die am ganzen Körper bebt, in den Drehstuhl. „Trink erst mal was." Sie dreht die Wasserflasche auf und hebt sie an Odes Lippen. Gierig saugt das Mädchen die Flüssigkeit ein, das Wasser vermengt sich mit ihren Tränen, läuft das Kinn hinunter und tropft auf ihr gerissenes Shirt. Constance setzt sich auf ihren Schreibtisch und schlägt die Beine übereinander.

„Willst du mir erzählen, was passiert ist?" Sie nimmt ein Taschentuch und beträufelt es mit dem Wasser. Constance beugt sich vor und tupft über die Wunden auf Odes Schulter. Dem Mädchen entfährt ein Schmerzenslaut und sie presst die Lippen aufeinander, bis sie zu einem weißen Strich werden. Mit sanften Fingern wiederholt Constance die Prozedur. Zwei Nachtschwestern eilen am Tresen vorüber, schenken Ode aber keine weitere Beachtung. Aba ist nicht dabei, erkennt Ode und ihr Herz sackt in die Tiefe.

„Vor wem bist du weggelaufen?" Ode schüttelt den Kopf.

„Kann ich nicht sagen. Mir kam kein Gesicht bekannt vor. Aber das heißt nichts.", lügt sie. Ihr Blick irrt durch die Eingangshalle. Aquarellbilder hängen an der Wand gegenüber. Ähnlich dem Buchcover, das ihr ans Herz gewachsen ist.

„Ist Hilfsschwester Aba im Haus? Ich muss mit ihr reden."
Constance legt den Kopf schief.

„Deine Ahnen haben dich gewarnt, du erinnerst dich?" Ode senkt
den Kopf und betrachtet ihre zerschundenen Hände.

„Ist sie da oder nicht?" Sie hört Constance seufzten, dann wie ihre
langen manikürten Fingernägel über die Tastatur klacken.

„Da haben wir den Dienstplan. Sie kommt in einer halben Stunde,
also um 6.15 Uhr." Sie wendet sich Ode zu und verschränkt die
Arme. „Habt ihr beiden etwas angestellt?" Odes Kopf fährt in die
Höhe.

„Nein! Ich bin nicht kriminell und Aba auch nicht."

„Ihr kennt euch näher?"

„Sie hat meine Brandverletzungen versorgt. Ich wurde hergebracht, als es in meiner Hütte gebrannt hat." Ode betrachtet ihren
Arm. Die Verbrennungen sind gut verheilt. Constance beugt sich
zu ihr vor, bis ihre Nasen sich beinahe berühren.

„Wurdest du vergewaltigt? Du kannst es mir ruhig sagen, mir ist
das gleiche vor fünf Jahren passiert. Eine Gruppe Männer hat mich
aus dem Auto gezerrt, als ich an der roten Ampel hielt. Das Auto

164

haben sie in Brand gesteckt und mich in den Straßengraben gezerrt."

„Das tut mir sehr leid", sagt Ode. Erneute Tränen steigen in ihr auf
und rollen über die blutigen Wangen. Constance Blick wandert
nach draußen, wo die Morgenröte die Bäume golden leuchten lässt.

„Das braucht dir nicht leidtun. Diese Dinge passieren in unserer
Gesellschaft." Sie tupft mit einem frischen Taschentuch über die
Platzwunden. „Du solltest dich untersuchen lassen. Wegen Aids
und einer möglichen Schwangerschaft."

„Ich wurde nicht vergewaltigt. Sie haben mich nicht bekommen.
Ich bin gerannt, wie noch nie in meinem Leben. Am Ende habe ich
mich in einer Mülltonne versteckt." Constance zwinkert ihr zu.

„Ich wollte es nicht ansprechen, aber das kann man riechen."

„Tut mir leid."

„Muss es nicht." Constance drückt sich vom Schreibtisch ab.
„Warte einen Moment. Nicht weglaufen, okay?" Sie wartet bis Ode
ihre Zustimmung gibt und eilt in Richtung Aufzüge. Kurz davor
biegt sie in den Gang und verschwindet aus Odes Sicht. Die Uhr
über der Sitzgruppe zeigt die volle Stunde. In fünfzehn Minuten
tritt Aba ihren Dienst an. Aber was dann? Ode reibt sich die Stirn.
Sie kann nicht nach Hause gehen. Und was passiert mit ihrem

Bruder? Wer würde sich nun um ihn kümmern? Ode legt ihren
Kopf auf ihre angezogenen Knie und weint bitterlich.

„Kaum bin ich weg, bekommst du einen Nervenzusammenbruch?"
Constance streichelt ihr über die unverletzte Schulter. „Komm, zieh
das über!" Sie schiebt Ode in das Büro hinter dem Empfang und
schließt die Tür. Das Mädchen schlüpft aus ihrer Kleidung, die
nach Müll stinkt und nur noch in Fetzen an ihr hängt. Sie steigt in
die dunkelblaue Hose und den passenden Kittel samt Schürze.
Nun gleicht sie Aba in ihrer Tracht als Hilfsschwester. Sie will Aba
nicht verpassen und eilt wieder nach vorn.

„Danke sehr, meine Sachen habe ich in den Müll geworfen. Schade,
ich mochte meine Kleidung. Ich bringe Ihnen die Sachen irgendwann zurück." Ihre Finger krallen sich in die Kante des Tresens.

„Lass dir Zeit damit, ich denke, du musst erst einmal ein paar
wichtigere Dinge regeln, nicht wahr?"

„Ja", haucht Ode, mehr zu sich selbst. Aber wie sollte sie das machen?

Ode sitzt neben Aba und weint.

„Wir müssen fort. Nur weg von hier!" Aba streichelt ihr über den
Kopf.

„Wohin sollen wir denn gehen? Es gibt keinen Ort für uns." Ode
schluchzt auf.

„Wir werden verfolgt, mit Steinen beworfen und im schlimmsten
Fall getötet!" Sie springt auf und taucht ihren Kopf in den Bottich in
Abas Hinterhof. Der Geruch von Abfällen hängt in ihren Haaren
und klebt auf ihrer Haut. Sie zerrt sich die Schwesterntracht vom
Leib und lässt sie auf den Boden fallen. Mit der Bürste schrubbt sie
sich die Haut, bis es weh tut. Als Aba Ode am Empfangstresen entdeckt hat, hat sie sich sofort krankgemeldet und das Mädchen mit
zu sich nach Hause genommen. Den ganzen Weg über hat sie versucht aus Ode ein einziges Wort herauszubekommen. Diese hatte
am ganzen Körper gezittert und keinen Ton hervorgebracht. Das
Haus war leer, als sie ankamen, und dafür war Ode sehr dankbar. Aba wickelt Ode in ein Tuch, nimmt sie in den Arm und führt
sie zur Bank im Schatten der Hecken. Der vergangene Tag und die
darauffolgende Nacht im Müllcontainer zerren an Odes Nerven,
sie bekommt keinen klaren Gedanken zu fassen.

„Sie werden herkommen." Sie dreht sich zu Aba.

„Ich habe ihre Gesichter erkannt! Sibu und Thomas, der beste
Freund von Mandla, waren dabei! Irgendjemand hat uns verraten.
Es ist nur eine Frage der Zeit, bis sie herausgefunden haben, dass
ich mit dir befreundet bin und dann werden sie hier auftauchen.
Vielleicht wissen sie es bereits." Odes Kopf sinkt auf Abas Schulter.

„Sie wollten mich töten", flüstert sie. „Tot sehen, weil ich dich ... dich liebe." Aba zieht sie in eine feste Umarmung.

„Und weil ich dich liebe!" Für einen Augenblick versinken sie in Schweigen. „Ich hole dir etwas zum Anziehen. Du kannst hier nicht im Handtuch rumsitzen. Sie verschwindet im Inneren des zweistöckigen Hauses und kommt mit einem Kleid über dem Arm und einem Teller mit Brot und Käse wieder. Ode lässt das Handtuch fallen und schlüpft hinein. Sie saugt den Duft ihrer Freundin in sich ein. Die Krankenhaustracht stopft sie in den Jeans-Rucksack. Im Schatten des Oleanderbuschs drohen ihr die Augen zuzufallen.

„Du solltest etwas essen. Du hast bestimmt schon wieder über eine lange Zeit nichts zu dir genommen." Sie reicht Ode den Teller und diese greift halbherzig zu.

Mit einem Ruck setzt sich Ode auf.

„Ich muss gehen! Ins Namaqualand oder nach Ytzerfontain. Weit in den Süden. Dorthin, wo mich niemand kennt. Mit ein bisschen Glück haben sie dich nicht erkannt und du kannst dein Leben weiterleben. Und auf meinen Bruder achtgeben."

„Ich weiß nicht, ich weiß es wirklich nicht. Wenn nur die kleinste Gefahr besteht, dass ... Gibt es irgendjemanden, der uns miteinander in Verbindung bringen könnte?", fragt Aba Ode. Die zuckt zusammen, als hätte sie ein Peitschenhieb getroffen.

„Dir ist jemand eingefallen", stellt Aba fest und setzt sich neben Ode. „Aber ... sie würde nie ... nie mir weh tun wollen." Ode gerät ins Stottern. „Sie weiß doch nichts ... von diesen Dingen." Aba fasst nach ihrer Hand.

„Deine kleine Schwester?" Ode nickt, dann schüttelt sie den Kopf. „Niemals würde sie mir schaden."

„Sie vielleicht nicht, aber wenn sie den falschen Leuten etwas erzählt hat ..." Ode löst sich von Aba und stemmt die Hände in die Hüfte.

„Kommst du mit?" Sie zittert am ganzen Körper, die Wunde am Kopf ist aufgeplatzt und Blut tropft in den Sand zu ihren Füßen. „Aba, so sag doch was!" Jenseits der Mauer erklingt Stimmengewirr und Ode zuckt zusammen. „Sie kommen, um uns zu holen!" Ode schnappt sich ihren Rucksack und rennt zur gegenüberliegenden Mauer und springt hoch. Mit den Fingern krallt sie sich oben fest und zieht sich hinauf. Sie sieht zu Aba zurück. Wie erstarrt sitzt ihre Freundin da. „Worauf wartest du?" Endlich kommt Bewegung in Aba und sie folgt Ode nach. Hand in Hand springen sie auf der anderen Seite herunter. Staub wirbelt auf. Sie laufen die Straße hinunter bis zum Busbahnhof. Schweißnass erreichen sie ihn. Der nächste Bus ist ihrer. Aba zahlt die Tickets und sie fallen auf die Rückbank.

„Und jetzt?" Aba sieht durchs Fenster. Soweto fällt hinter ihnen zurück, wie auch ihrer beider Leben. Ode fasst nach Abas Hand. „Wir haben immer noch uns!" Ein Lächeln zupft an Abas tränennassen Lippen. In Lenasia zieht Aba am ATM ihr letztes Geld, Müsliriegel und Wasser aus einem Automaten. Aus Angst erkannt zu werden, fahren sie weiter bis Potchefstroom. Dort steigen sie aus und kaufen Tickets für den Greyhound. Die nächsten drei Stunden bis zur Abfahrt setzen sie sich in den Schatten der Bahnhofsvorhalle. Als das Southern Cross im Himmel aufzieht, steigen sie in den Nachtbus in Richtung Süden. Ode ist zu Tode erschöpft. In der Halle hat sie nicht gewagt, ihre Augen für einen Moment zu schließen.

„Wir müssen Arbeit annehmen, egal welche!" Abas Kopf sinkt ins Polster. Ode nickt.

„In Ytzerfontain finden wir hoffentlich etwas. Vielleicht in einem dieser Restaurants, die in den Dünen liegen. Die Touristen geben bestimmt gutes Trinkgeld. Und du könntest in einer Klinik nach einem Job suchen." Ode zögert, dann spricht sie aus, was schon den ganzen Tag an ihr nagt: "Bereust du es, mich zu lieben?" Aba nimmt Odes Gesicht zwischen ihre Hände und lächelt mit verhangenen Augen.

„Nein, ich bereue nichts! Ich bin froh, dass du dem Mob entkommen bist. Das ist alles, was zählt!" Der Bus ruckelt durch die Nacht. Das einzige Gepäck der Mädchen: Hoffnung und ihre Liebe zueinander.

Kapitel 10

Zerschlagen von der langen Busfahrt schwanken die Mädchen aus dem Bus. Sie sind die letzten Passagiere, die anderen Fahrgäste sind bereits in Kapstadt ausgestiegen. Ode möchte die Großstadt meiden. Die Angst, verfolgt zu werden, sitzt ihr tief im Nacken. Der Morgen graut und die Dünen schimmern golden. Hand in Hand laufen sie die Straße hinab, in Richtung Ortschaft, Staub wirbelt auf, als ein Pick-Up sie überholt. Der würzige Duft von Kräutern liegt in der Luft. In alle Richtungen erstreckt sich das Land. Wildblumen und niedriges Buschwerk säumen die Straße, die schnurgerade bergan verläuft für viele Kilometer. Die Luft ist von Salz geschwängert und Aba atmet tief ein, ihre Nasenflügel blähen sich. Odes Magen knurrt.

"Wenn wir nicht bald etwas zu Essen finden, falle ich auf der Stelle um! Ich kann einfach nicht mehr." Aba streckt die Hand aus.

"Siehst du das Schild *Grill and Chill*? Lass es uns bei dem Restaurant versuchen! Sonst sehe ich auch weit und breit nichts. Ytzerfontain muss noch ein paar Kilometer entfernt liegen, irgendwo hinter der Kuppe." Sie zieht ihre Freundin in den schmalen Pfad, in dessen Richtung das Hinweisschild weist, dem Meer entgegen. Odes Sneaker versinken im Sand bei jedem Schritt. Sie nehmen die letzte Steigung und bleiben mit offenen Mündern stehen. Vor ihnen breitet sich der Atlantik aus, ein lauer Wind treibt Wellen an den Strand. Weißer Sand, gesprenkelt mit Kieseln, erstreckt sich bis zum Horizont. Die Sonne steigt soeben über den Horizont. In den Dünentälern liegen noch tiefe Schatten. Ode steigen Tränen in die Augen.

"Ist das schön! So etwas wundervolles habe ich noch nie gesehen. Nur auf dem Buchcover, aber in Realität ist es einfach traumhaft." Sie zieht Aba an sich und küsst sie weich auf die Lippen. Aba legt Ode ihre Hände an die Wange, Ode fühlt sich ihr so nah, als würden sie sich bereits ewig kennen. Dabei sind es erst wenige Tage. Hätte Kuale Ode erzählt, dass man sich blitz-verlieben kann, sie hätte es ihrer Klassenkameradin nicht geglaubt. Sie lösen sich voneinander und Ode lacht:

"Du schmeckst ganz salzig!"

"Du doch auch!", erwidert Aba und ihre Finger verschränken sich miteinander. Die Mädchen grinsen sich an.

"Komm, das Restaurant ist gleich da vorn!" Ode seufzt leise.

„So früh haben sie bestimmt noch nicht geöffnet." Sie laufen ein kleines Stück zurück, die Düne hinab und überqueren den leeren Parkplatz. Rechts von ihnen duckt sich ein eingeschossiges Holzhaus in die Dünen, halb verschlungen vom Sand. Ringsherum sind Fischernetze gespannt, darunter Bänke und Tische für die Gäste. Die Mädchen lassen sich auf eine Sitzgelegenheit nahe dem

Eingang fallen und strecken die Beine aus. Ode legt den Kopf auf die verwitterte Tischplatte und die Lieder fallen ihr zu.

„Mir tut alles weh", murmelt sie. „Mein Herz, meine Seele, mein Geist, mein Körper, einfach alles." Aba streichelt ihr den Rücken, doch Ode spürt, dass ihre Finger beben. Sie richtet sich auf und sieht die Freundin an. „Es tut mir so leid. Wegen mir hast du deine Arbeit verloren, deine Großeltern wissen nicht wo steckst und deine Schwester macht sich bestimmt die allergrößten Sorgen." Aba legt ihre Stirn an Odes.

„Hast du schon vergessen, dass ich dich zuerst geküsst habe? Wir haben keine Schuld. Wir sollten zusammen sein dürfen." Tränen rollen über ihre Wange. „Ich werde meine Schwester anrufen, wenn wir jemanden finden, der uns ein Telefon leiht. Sie kann mir dann auch sagen, wie es deinem Bruder geht." Ode durchfährt ein schmerzhafter Stich. Ihr Magen hebt sich bei dem Gedanken an Olwethu, den nun wahrscheinlich nur noch ab und an mal jemand besucht. Wenn er bleibende Schäden haben sollte, käme niemand mehr, um sich um ihn zu kümmern und er würde in einem staatlichen Heim landen. Das will Ode um jeden Preis verhindern. Ihr Herz krampft. In der Ferne ertönt Motorengeräusch, welches sich schnell nähert. Lichter hoppeln über die Dünen und erlöschen. Autotüren klappern. Die Mädchen rücken näher zusammen, die Hände fest ineinander gekrallt. Zuerst taucht ein langer Schatten hinter dem Haus auf, dann eine Frau. In jeder Hand trägt sie mehrere Tüten. Sie geht gebeugt, ihre Füße ziehen durch den Sand. Aba nickt Ode zu. Sie erheben sich.

"Guten Morgen!", ruft Ode, die Frau zuckt zusammen. Sie lässt die Tüten fallen. Die Mädchen heben die Hände.

"Wir möchten Ihnen nichts tun!" Sie eilen zu der Frau und heben die Tüten auf. „Entschuldigung, dass wir Sie so erschreckt haben, das war nicht unsere Absicht." Die Frau mustert sie nachdenklich, dann nickt sie. Ode reicht ihr die Tüten.

"Ihr seid weit fort von Kapstadt! Was wollt ihr hier draußen?"

„Wir kommen aus Soweto." Odes Blick verschwimmt. "Wir mussten fliehen." Die Frau kramt in ihrer Hosentasche, zieht einen Schlüssel hervor und öffnet die Tür.

„Was habt ihr denn angestellt? Das ist ein weiter Weg, es muss ernst sein. Ich weiß nicht, ob ich euch drinnen haben möchte!" Sie nimmt Aba die restlichen Tüten ab. Die Mädchen tauschen einen Blick. Ode weiß, sie müssen alles auf eine Karte setzen und offen sprechen. Aba nickt. "Wir sind weggelaufen, weil wir uns lieben! Man wollte mich steinigen!" Sie tritt neben Aba und fasst nach ihrer Hand. Die Frau seufzt.

"Ich habe ebenfalls einst geliebt. Aber das ist lang her." Sie knipst das Licht an. "Ermorden wollte man mich nicht, aber gebilligt wurden meine Gefühle auch nicht. Damals war es verpönt, dass sich eine weiße Frau in einen Schwarzen verliebte. Heute offenbar, wenn sich zwei Mädchen lieben." Sie schüttelt ihren ergrauten Lockenkopf. „Dann kommt mal rein! Möchtet ihr einen Kaffee?" Sie tritt beiseite, um die Mädchen ins Innere zu lasen.

„Sehr gerne!" Ode läuft das Wasser im Mund zusammen.

„Ich bin übrigens Ellen und die Besitzerin des *Grill and Chill*." Die Mädchen ziehen sich Stühle heran und stellen sich ebenfalls vor. Ellen knipst die Lichter an und werkelt am Kaffee-Automaten. Sie zieht drei Tassen aus dem Schrank und stellt sie auf dem Tisch ab. Ode betrachtet die Wände. Dort hängen schwarz-weiß Fotos von Fischerbooten und wie in dem Restaurant in Randburg zieren die Holzdecke Fischernetze. Sie deutet darauf und ein Lächeln tritt auf ihre Lippen.

„Ich habe an der Waterfront bei Johannesburg in einem Fisch-Restaurant gekellnert, dort hingen ebenfalls überall Netze." Die Kaffeemaschine röchelt und Dampf steigt auf. Ellen schenkt sich und den Mädchen ein, steht aber gleich wieder auf, um den Inhalt der Tüten in den Regalen und im Kühlschrank zu verstauen.

„Dann kennst du dich im Gewerbe aus?" Ode nickt und nippt an ihrem Kaffee. Die heiße Flüssigkeit rinnt ihren Rachen hinab und hinterlässt ein wohliges Gefühl im kratzigen Hals.

„Ich bin ... habe dort seit drei Jahren gearbeitet. Immer nach der Schule." Ode muss hart schlucken und fährt sich über die Augen. „Die werde ich jetzt bestimmt nicht mehr beenden." Sie ballt die Fäuste unterm Tisch.

„Erzählt mir eure Geschichte und dann schauen wir, in Ordnung?" Aba und Ode nicken gleichzeitig. Ellen bringt aus der Küche einen Teller mit gebratenen Tomaten, Champignons, Speck und Rührei und stellt alles vor den Mädchen ab. Der Duft von frisch getoastetem Brot liegt in der Luft und sie fallen über das Frühstück er. Mit vollem Mund erzählen sie ihre kurze, aber intensive Geschichte, und Ellen nippt an ihrem Kaffee und hört zu. Ihre dunkelblauen Augen ruhen auf den Mädchen. Ihr ganzes Wesen versprüht Wärme und umfängt damit Ode und Aba. Ode fühlt sich sofort zu der älteren Frau hingezogen. Sie hat eine Art Mütterlichkeit an sich, die Nomandia vor langer Zeit verloren hat. Der Morgen verstreicht und Ellen und fasst am Ende der Geschichte nach den Händen der Mädchen.

„Ich denke ich sehe nur Ehrlichkeit in euch und euren Worten. Dieses Strandcafé läuft gut, aber die Arbeitskräfte jobben lieber in der Stadt." Sie legt ihren Kopf schief.

„Ich kann eure Hilfe brauchen, was meint ihr?"

„Wirklich?" Ellen schiebt den Stuhl zurück.

„Ihr könnt hinten im Schuppen schlafen und euch Essen aus der Küche holen. Sagen wir für die nächsten zwei Wochen und dann sehen wir weiter? Ich denke, ihr müsst erst einmal zur Ruhe kommen und euch klar werden, wie es mit euch und in Zukunft weiter gehen soll."

Ode lacht und weint gleichzeitig.

"Danke, Ellen!" Sie springt von ihrem Stuhl auf und fällt der älteren Frau um den Hals.

„Schon gut, Mädchen, aber erst einmal braucht ihr eine Dusche, alle beide. Und umziehen solltet ihr euch auch."

„Wir haben nur das, was wir tragen", sagt Aba. „Nur diese Kleider und Ode hat noch eine Krankenschwestern-Tracht. Mehr nicht." Sie streckt wie zum Beweis ihre Hände aus.

„Kommt mal mit nach hinten." Ellen winkt ihnen, ihr zu folgen. Sie umrunden den Tresen, durchqueren die Küche und betreten einen Raum, in dem sich Regale an den Wänden reihen.

„Ihr könnt die Toiletten draußen benutzen, die auch für die Gäste sind. Oder auch hier hinten das Bad. Es ist winzig, ich weiß, aber hier habt ihr ein Waschbecken, eine Toilette und eine warme Dusche. Früher war das Haus ein Teil einer Farm, die aufgrund der Versandung aufgegeben wurde. In den 80ern habe ich dann das

Land gekauft und mit Nelson zu einem Café umgebaut." Sie knipst das Licht an. „Tut mir leid wegen der Spinnweben, aber wenn ihr wollt, könnt ihr euch hier einrichten. In einer Stunde brummt der Betrieb, das bedeutet, ich kann mich erst gegen Abend darum kümmern, dass ihr Matratzen erhaltet und Kleidung. Sie kratzt sich am Kopf. „Ich mache ein paar Anrufe. Duscht ihr schon einmal, beim Abtrocknen müsstet ihr euch erst einmal mit Küchentüchern behelfen. Kommt nach vorn, wenn ihr soweit seid." Ellen zückt ihr Telefon, dreht sich auf dem Absatz um und zieht die Tür hinter sich zu. Mit einem Seufzer lässt sich Ode auf eine umgedrehte Bananenkiste fallen. Sie legt ihren Kopf auf die Knie und umschlingt ihre Beine mit den Armen. Sie atmet tief durch. Sie lässt Aba zuerst ins Bad. Es gluckert in den Rohren und ein Schwall Wasser rauscht hindurch. Gedanken wabern durch ihren Kopf, die Müdigkeit dämpft sie auf ein erträgliches Maß herab. Ode legt ihr Kleid im Waschbecken ein und rubbelt es zwischen ihren Fingern mit Zitronenseife ein. Sie spült es aus und hängt es zum Fenster hinaus. Dort flattert es neben Abas Kleid. Sie schlüpft in die Schwestern-Uniform und ihre Freundin in einen Kittel, den sie aus einer Kiste zwischen den Regalen gefischt hat. Sie duften beide nach Zitrusfrüchten. Aba zieht Ode in einen langen Kuss. Nach einer unendlich langen Zeit lösen sie sich voneinander und gehen durch die Küche nach vorn und betreten den Schankraum. Ellen steht mit einem Geschirrtuch in der Hand vor der Spüle und trocknet ab.

„In einer Stunde kommen die ersten Gäste." Sie zeigt auf Ode. „Du kannst mir mit der Bedienung draußen helfen und du, Aba, könntest meiner Küchenhilfe unter die Arme greifen. Ach, da ist ja Thembe." Ein Mann, Mitte dreißig mit breiten Schultern, steht im Eingang, die Hand auf den Rahmen gestützt. Er blinzelt gegen das diffuse Licht an. Für eine Sekunde hat Ode geglaubt, dort stünde Mandla und sie muss sich an einer Stuhllehne festkrallen, um nicht umzukippen. Aba eilt an ihre Seite und wirft ihr einen Blick voller Sorge zu.

„Schon gut", winkt Ode ab, „die Silhouette von Thembe gleicht der von Mandla." Aba zieht sie in eine Umarmung.

„Wir sind hier sicher", flüstert sie in Odes Ohr und schenkt Thembe ein Lächeln, dass sie sonst für Patienten bereithält. Ellen tritt neben die Mädchen und wirft das Handtuch über ihre Schulter.

„Das hier sind Ode und Aba, die mir hier im *Grill and Chill* aushelfen werden. Aba geht mit dir nach hinten." Thembes Stirn glättet sich.

„Ich hatte mich schon gewundert, wer diese beiden komischen Vögel sind in diesen ... Outfits." Er klatscht in die Hände. „Aber ich freue mich, dass wir hier Unterstützung bekommen, hier geht es manchmal drunter und drüber." Er stützt die Hände in die Hüften. „Dann willkommen in diesem Chaos." Er schenkt den beiden Mädchen ein strahlend-weißes Lächeln, dann legt er Aba seine große Hand aufs Schulterblatt und schiebt sie in Richtung Küche. „Wir beide bereiten jetzt das Grillfleisch vor für die Gitter draußen. Gleich kommt noch mein kleiner Bruder, der ist für das Feuer in den Dünen zuständig." Die letzten Worte ruft er aus der Küche heraus, dann schiebt er die Holztüre zu.

„Was soll ich tun?" Ode sieht Ellen voller Erwartung an.

„Bei uns gibt es keine Menükarten. Was an Frischfleisch, Gemüse und Fisch hereinkommt, wird gegrillt. Die Gäste können sich dann am Rost selbst bedienen. Das Essen kostet pro Person 140,- Rand, Kinder die Hälfte. Getränke gehen extra. Du machst den Service, nimmst Bestellungen entgegen und räumst die Tische ab. Nachtisch gibt es bei uns nicht. Unsere Gäste halten sich hier sehr lange auf. Sie gehen zwischendurch Schwimmen, Surfen oder Sonnen sich am Strand." Sie führt Ode am Ellbogen zu einem Buffetschrank aus der Kolonialzeit, der neben dem Eingang fast die gesamte Wand einnimmt. „Hier findest du Teller, Besteck, Servietten und eine Liste mit allen Reservierungen, die du abhaken musst. Ohne Vorbestellung hat man hier kaum eine Chance, einen Sitzplatz zu bekommen. Wir sind Monate im Voraus ausgebucht. Manche Gäste kommen trotzdem und kaufen nur Getränke zum Mitnehmen." Sie zeigt in Richtung Strand. „Sie machen sich dann einen schönen Tag und fahren abends zurück nach Kapstadt." Ellen zieht eine der drei Schubladen auf und holt eine Kladde heraus. „Da morgen Weihnachten ist, dekorieren wir heute Abend ein, das machen wir sonst nicht."

„Weihnachten, das habe ich ganz vergessen." Ode wischt sich eine
Träne aus den Augen. „Ich war noch nie von meiner Familie getrennt." Sie räuspert sich und weicht Ellens Blick aus, das Mitleid
kann sie in diesem Moment nicht ertragen. Ellen scheint ihr Ge-
fühlschaos zu spüren, denn sie redet schnell weiter, um Ode und
vielleicht auch sich selbst davon abzulenken.

„Bring einfach schon einmal diesen Stapel Teller raus und stell ihn
direkt auf den gemauerten Abschnitt daneben, dann können sich
die Gäste selber bedienen." Sie drückt Ode das Geschirr in die
Arme. Mit der Schulter drückt Ode die Eingangstür auf. Draußen
begrüßt sie die Sonne. Der weiße Sand blendet sie und sie muss ein
paar Mal blinzeln, bis sie sich an das Licht gewöhnt hat. Der Vormittag zerfließt zwischen ihren Fingern. Die ersten Gäste treffen
ein und sie hat alle Hände voll zu tun, Getränke zu servieren, Geschirr in die Küche zu bringen und frisches neben dem Grill zu
platzieren. Mit Aba wechselt sie kaum drei Worte. Das Laufen im
Sand macht ihre Beine schwer und ihre Muskeln brennen.

Die Blicke, die ihr von der Seite zugeworfen werden, ignoriert sie.
In einem Krankenschwestern-Outfit zu servieren, steht auch bei
Ode nicht ganz oben auf der Prioritätenliste. Gegen 15 Uhr umrundet sie das Gebäude und wechselt hastig zwischen den Dünen zurück in ihr Kleid. Eine Restfeuchte hängt in den Achseln, das stört
sie nicht. Alles ist besser als die feste Arbeitskleidung aus dem
Krankenhaus. Abas Kleid ist bereits abgehängt, offenbar hatte sie
die Idee bereits vor Ode. Sie wirft ihre Kleidung durch das Fenster

ins Badezimmer nach drinnen und eilt zurück zu den Gästen. Über dem Grill-Restaurant steht der Rauch vom offenen Feuer und vermischt sich mit der Glut, die vom Himmel tropft. Schweiß rinnt Odes Nacken hinab und. Mit ein paar schnellen Handgriffen steckt sie ihr Haar zu einem Knoten hoch. Die Bewegungsabläufe sind ihr vom Fisch-Restaurant in Randburg geläufig und sie arbeitet sich schnell ein. Sorgen macht sie sich um Aba, die bisher wenig Kontakt zur Gastronomie hatte. Odes Herz blutet für ihre Freundin mit, wenn sie daran denkt, wie sehr Aba die Arbeit im Krankenhaus vermissen wird. Den Gedanken an ihren Schulabschluss schiebt sie weit von sich. Die Zeit rückt vor und Ode weiß nicht mehr, wo ihr der Kopf steht. Ihr Rücken schmerzt und die Wunde auf der Schulter brennt bei jeder Bewegung. Sie presst die Lippen aufeinander, wenn niemand hinsieht. Als die Sonne den Horizont berührt, hat sich das Restaurant zur Hälfte geleert. Ein Pick-Up in Chamäleon-Grün rollt über die staubige Straße heran und zieht in eine Lücke nahe dem Eingang. Ode stellt sich unter den hölzernen Bogen, an dem die Farbe ein wenig blättert, um die Gäste zu begrüßen. Eine Frau steigt aus, braungebrannt, sportliche Figur, in Ellens Alter, und zwei Kinder zwischen 13 und 15 Jahren. Missmut steht ihnen ins Gesicht geschrieben und Ode sieht ihnen mit hochgezogenen Augenbrauen entgegen.

„Guten Tag, haben Sie reserviert?" Sie schenkt der Frau ein strahlendes Lächeln, dass sich über den Tag in ihr Gesicht eingebrannt zu haben scheint. Die Frau winkt ab und wedelt sich mit einem pinken Fächer Luft zu.

„Ich bin Jeanette, eine Freundin von Ellen, und das sind meine
Söhne Dylan und Jaques." Sie strudelt dem Jüngeren durchs Haar.
„Bei mir ging ein Notruf ein, dass meine liebe Freundin Strandgut
eingesammelt hat." Odes Augenbrauen wandern noch ein bisschen
höher. Jeanette fixiert Ode mit ihren Augen, die Lachfältchen zieren. „Du bist bestimmt eines der Mädchen, richtig?" Ode nickt
leicht und verknotet ihre Finger. Jeanette streckt ihr die Hand hin.
„Ich freue mich, dich kennen zu lernen. Bist du Aba oder Ode?"
Jaques entweicht ein Kichern und die Jungen verdrehen ihre Augen.

„Meine Mutter quetscht jeden aus, das ist ihre Art. Lauf lieber
schnell weg, ansonsten musst du ihr gleich deine ganze Geschichte
erzählen." Jeanette wirft dem Jungen ein Lächeln angefüllt mit
Liebe zu und Odes Magen zieht sich zusammen.

„Ich bin Ode", antwortet sie. „Aba ist in der Küche beschäftigt."

„Da würden mich keine zehn Pferde reinbekommen", witzelt
Dylan und vergräbt seine Hände in den Hosentaschen.

„Da seid ihr ja!" Ellen kommt zwischen den Tischen hindurchge-
rannt und fällt ihrer Freundin um den Hals. Sie drückt ihr links
und rechts einen Kuss auf die Wange, dann zieht sie die beiden
Jungen an ihre Brust. Ode unterdrückt ein Lachen, das ihr den Hals
hinaufkriecht. Der Anblick der drei versetzt sie in eine Stimmung,
die an Fröhlichkeit grenzt. So viel Zuneigung auf einmal, das hat

Ode schon lange nicht mehr erlebt. Der Anblick rührt sie. Ellen zieht Dylan und Jaques hinter sich her zum Auto.

„Jungs, packt mal mit an", sagt Jeanette und zieht die Klappe zur Ladefläche auf. Auf der Pritsche liegen eine Matratze und fünf Beutel, gefüllt bis obenhin. Ellen winkt Ode heran, die mit geröteten Wangen das Geschehen von dem Torbogen aus betrachtet. Am liebsten würde sie im Boden des Parkplatzes versinken. Oder weglaufen und sich in den Dünen verstecken. Die Scham, auf Almosen angewiesen zu sein, lässt ihre Knie weich werden. Ellen reicht ihr zwei Tüten und lächelt ihr zu. Obwohl sie die Wirtin erst wenige Stunden kennt, scheint die alte Frau mitten in ihr Herz schauen zu können.

„Alles ins Lager", weist sie die zwei Jungen an, die die Matratze zwischen sich tragen. Ode und die beiden Frauen stapfen durch den Sand hinterher. Die reichen Weißen helfen den armen Schwarzen, denkt Ode mit einem bitteren Geschmack auf der Zunge, revidiert ihren Gedanken aber sofort. Sie tat diesen Menschen unrecht. Ellen hatte ihnen ohne zu zögern ein Dach überm Kopf gegeben, und Hungern mussten sie auch nicht. Doch die Abhängigkeit nagt an Ode. Wenigstens können sie ihre Schulden abarbeiten. Dieser Gedanke beruhigt Ode ein wenig und sie betritt hinter Jeanette den Schankraum. Aba steht hinter dem Tresen und trocknet Gläser ab. Sie sieht ebenso abgekämpft aus, wie Ode sich fühlt. Sie kann es kaum erwarten, dass der Tag sich dem Ende neigt und sie auf die

Matratze fallen kann, um in einen tiefen traumlosen Schlaf zu fallen.

„He, du", sagt Aba an Ode gewandt, „was ist hier los?"

„Ellen hat rumtelefoniert und sich um Sachen für uns gekümmert."
Ode verlangsamt ihre Schritte und senkt ihre Stimme. „Ich finde
das wirklich süß von ihr, aber ich fühle mich nicht gut dabei. Es
macht mich abhängig und ich will nicht dankbar sein müssen für
Spenden."

„Weißt du, ich sehe das anders", sagt Aba. „Alles bewegt sich im
Kreis. Heute erhalten wir Hilfe, morgen gibt es vielleicht jemanden,
den ich verarzten kann oder auf eine andere Art und Weise helfen
werde. Was ich gebe, ist dann zugute einer anderen Person, als der,
die uns geholfen hat. Wichtig ist nur, dass wir zurückgeben. Dann
schließt sich der Kreis." Ode kaut auf ihrer Unterlippe und nickt.

„Wenn du es so sagst, klingt es für mich erträglicher. Ich mag es
nicht, die Hände offen zu halten und Almosen zu bekommen." Sie
folgen Ellens Freundin ins Lager. Dort haben die Jungen die Matratze unter dem Fenster platziert. Die Plastikbeutel liegen daneben.

„Vielen Dank für eure Hilfe! Als wir herkamen, haben wir nicht
mit soviel Nächstenliebe gerechnet. Da, wo wir herkommen, geht
es ein bisschen anders zu." Aba umarmt erst Ellen, dann Jeanette.

Die Jungen treten hastig einen Schritt zurück. Ode folgt Abas Beispiel und drückt die beiden Frauen.

„Wo kommt ihr denn her?", will Dylan wissen und streicht sich durch sein strohblondes Haar.

„Das erzählen dir die Mädchen bestimmt gerne an einem anderen Tag, jetzt lassen wir sie erst einmal in Ruhe auspacken. Was haltet ihr von einem Cooldrink?"

„Kein Bier?", feixt Jaques und duckt sich unter der Hand seiner Mutter weg, die spielerisch nach ihm geschlagen hat. Ode kann sich nicht satt sehen an dem Umgang, den die beiden Frauen und die Jungen miteinander pflegen. Ellen schiebt die Familie aus dem Raum und es kehrt Ruhe ein. Ode lässt sich auf die Matratze plumpsen und rutscht an die Wand. Waren sie erst heute morgen aus dem Bus gestiegen?

Kapitel 11

Ode hat in der Nacht vom 24. auf den 25. Dezember wenige Stunden geschlafen. Dabei hätte sie unendlich viel Schlaf nachzuholen. Überwältigt von all den Eindrücken hat der Gedankenwirbel sie wachgehalten. Das Auspacken der Beutel war wie ein verfrühtes Weihnachtsfest gewesen. Allerdings hatten weder Aba noch Ode je zuvor derart viele Geschenke auf einmal erhalten. Gut erhaltene Kleidung, kaum getragen, Hygieneartikel, Bettwäsche, die nach Blumen duftete, drei Bücher auf Englisch und einen Teddybär hatten sie aus den Beuteln herausgeholt. Ode hatte ein Regal neben dem Eingang zum Bad freigeräumt und dort ihr neues Hab und Gut einsortiert. Ellen hatte ihnen eine Petroleumlampe gebracht.

„Hier gibt es schon einmal öfter Stromausfall, da solltet ihr gewappnet sein", hatte sie gesagt und noch vier Stumpenkerzen danebengelegt. Sie hatte den beiden gezeigt, wo der Ersatzschlüssel für den Haupteingang lag, hatte hinter sich abgeschlossen und war nach Hause gefahren. Sie hielt Aba im Arm, die mit dem Kopf an ihrer Schulter bereits nach Sekunden eingeschlafen war, hatte ihren Duft in sich eingesogen und darüber nachgedacht, ob ihre Liebe ein Fehler war. In den frühen Morgenstunden windet sie sich aus Abas Umklammerung, wäscht sich und verlässt das Lager mit ihrem Rucksack in der Hand. Der Schankraum wird durch zwei Fenster erhellt. Die ersten Strahlen der Sonne kratzen an den Scheiben. Ode stellt ihren Rucksack auf dem Tisch vor sich ab und zieht das Buch hervor, dass sie all die Zeit mit sich herumgetragen hat.

Aus dem Buffet-Schrank zieht sie eine Papiertischdecke hervor, die sie dort am Vortag entdeckt hat. Bedruckt mit Sternen in allen Farben, genau passend für Odes Vorhaben. Sie schneidet den inneren Teil heraus und schlägt das Buch darin ein. Die restliche Tischdecke dekoriert sie auf dem Tisch, legt das eingepackte Buch in die Mitte und stellt die Stumpenkerzen daneben. Sie läuft in die Küche und kocht Milch auf. Zurück im Schankraum dreht sie an den Knöpfen des Radios, bis sie einen Sender findet, der Weihnachtsmusik spielt. In den Milchtopf löffelt sie Kakao. Das brühwarme Getränk schüttet sie in zwei Becher und stellt sie neben die Kerzen. Sie stützt die Arme auf die Hüfte und betrachtet ihr Werk. Der Dampf steigt ihr in die Nase. Sie schließt die Türe auf und lässt den Tag hinein. Aus der Schublade zieht sie ein Stück Papier und einen Kugelschreiber.

Liebe Aba,

wir kennen uns erst so kurz. Meine Gefühle sind echt und egal wie ich es drehe oder wende, ich möchte mit Dir zusammen sein. Ich liebe einfach alles an Dir: Die Grübchen in Deinen Wangen, wenn Du lächelst, das Strahlen in Deinen Augen, wenn Du erzählst, Deine Stimme, wenn Du singst ... die Liste ist endlos. Selbst wenn die Vernunft mir tausend Mal geraten hat, Dich zu verlassen, dies wäre das Beste für meine Zukunft, sagen die Ahnen - so kann ich es nicht. Meine Seele zieht in Deine Richtung. 1500 km sind wir in den Süden gereist. Die Umstände haben uns hergetrieben, Du hast Deine Arbeit verloren, ich meinen Schulabschluss. Das ist sehr hart. Warum wir verfolgt werden, verstehe ich nicht. Sollte man nicht lieben dürfen? Sollte Liebe nicht stärker sein, als Hass? Ich bereue meine Gefühle nicht. Es macht mich traurig, dass in unserem Land keine Akzeptanz herrscht. Wie Ellen schon sagte, die Liebe muss offenbar einer Norm entsprechen. Schwarz liebt Schwarz, Weiß liebt Weiß, und Mann liebt Frau. Bitte nimm meine Hand und lass uns um unsere Liebe kämpfen!

Deine Ode

Sie lehnt den Brief gegen das Geschenk und nippt an ihrem Kakao. Kurz überlegt sie, Aba zu wecken, doch ihre Flucht war übersäht mit Anstrengungen, frischer Kakao lässt sich jederzeit neu zubereiten.

„Frohe Weihnachten", flüstert sie in den Morgen.

„Ich wünsche dir auch frohe Weihnachten." Aba ist unbemerkt hinter sie getreten und schlingt ihre Arme um Ode. Die Sonne schickt ihre Sonnenstrahlen in das Innere des Hauses und wärmt das Herz von Ode. Ode legt ihren Kopf zurück und Aba küsst sie sanft. Ihre Zunge fährt über Odes Lippen.

„Hm, du schmeckst süß." Sie zieht sich einen Stuhl heran und setzt sich neben Ode an den Tisch. Ode reicht ihr das Heißgetränk.
„Hast du das alles vorbereitet?" In Odes Wangen steigt Hitze auf. Sie nickt und nimmt schnell einen Schluck, um ihr Gesicht zu verbergen.

„Danke!" Aba muss sich räuspern, ihre Stimme klingt belegt.

„Das Geschenk ist für dich, nichts Besonderes, aber ich hatte nur das." Ode schiebt Aba das Präsent rüber. Mit ihren langen Fingern packt ihre Freundin das Päckchen aus. Es glitzert verdächtig in ihren Augen. Ode haucht ihr einen Kakao-Kuss auf die Wange. Bevor die Gefühle über ihr einstürzen, springt sie auf, schnappt sich die Tassen und eilt in die Küche. Dort atmete sie tief durch. Sie lehnt sich an die Kücheninsel und schließt die Augen. Ytzerfontain, Weihnachten ohne die Familie, das Gefühl frisch verliebt zu sein; die Emotionen stürzen auf sie ein und sie wankt. Die Kücheninsel gibt ihr Halt in der Hüfte, bis der Schwindel nachlässt. Sie stößt die Luft aus und füllt die Tassen nach. Sie verdrängt das Chaos, das in ihr herrscht, und läuft zurück in den Schankraum. Dort findet sie Aba gebeugt über dem Brief vor. „Danke!" In Abas Augen glitzert es verdächtig. Ode reicht ihrer Freundin einen Becher und sie nippen am heißen Kakao. Zwischen ihnen ist eine Spannung, die Ode nicht deuten kann. Aba sieht sie an, nur ein intensiver Blick, und Ode wird von ihren Gefühlen übermannt. Sie stellt die Tasse ab, fasst nach der Hand von Aba und zieht sie hinter sich her ins Lager. Sie ist erfüllt von Sehnsucht, sie möchte Aba spüren, Haut auf Haut. Sanft drückt sie ihre Freundin auf die Matratze und bedeckt sie mit ihrem eigenen Körper. Ihre Zungen verschmelzen und Hitze breitet sich zwischen ihren Körpern aus. Ode zieht sich das Kleid über den Kopf und schlüpft aus ihrer Unterwäsche. Dann hilft sie Aba aus ihrem Slip und legt ihre Hand auf die feuchte Scham. Sie beugt sich herab und küsst Abas Lippen. Sie stöhnt leise in ihren Mund. Ihre Finger spielen mit Abas Schamhaaren, streicheln sie sanft. Ihre Brustwarzen verhärten sich, als Aba sie zwischen ihrem Daumen und Zeigefinger zwirbelt. Hitze fährt Ode in den Unterleib. Sie will mehr. Ihr Finger gleitet in die feuchte Spalte, sie schiebt ihn vor und zurück. Abas Augen weiten sich, erfüllt mit einem heißen Leuchten und sie drängt sich Odes Hand entgegen. Ihre Münder treffen sich, ihr Keuchen vermischt sich zur Ekstase. Schneller und schneller lässt Ode ihre Finger hinein und heraus gleiten, ihre Hand rubbelt über Abas geschwollene Klitoris. Schweiß glänzt auf ihrer Haut. Abas Mund findet Odes Brustwarze und saugt daran, ihre Hand umfasst Odes Pobacke. Odes Unterleib explodiert, Abas Muskeln zucken wild. Mit einem Schrei sackt Ode auf Aba zusammen, diese bäumt sich unter der Hand von Ode auf. Ein letzter Krampf und auch sie sackt erschöpft in die Kissen. Keuchend liegen sie da. Eng umschlungen. Odes Herz rast und beruhigt sich nur langsam mit jedem weiteren Atemzug. „Ich liebe dich", haucht Aba an Odes Ohr. Ein Zuschlagen einer Autotür beendet die Zweisamkeit. Die beiden fahren auseinander, schlüpfen in ihre Kleidung und richten sich gegenseitig die Haare. Im Schankraum steht Ellen, bepackt bis unter die Haarspitzen. Ode stürzt vor, um ihr zwei Tüten abzunehmen. Aba räumt die Kakteen fort und holt die Weihnachtsdekoration aus dem Schrank. Sonnenlicht flutet den Raum. „Ich wünsche Euch frohe Weihnachten, Kinder!" Ellen lädt ihre Pakete auf dem Tresen ab und zieht erst Aba, dann Ode in eine feste Umarmung. „Ihr solltet nicht alleine sein am Weihnachtsmorgen, also bin ich in der Früh in die Geschäfte, damit ich jetzt bei Euch sein kann. Was haltet ihr von einem anständigen

Frühstück?" Ohne eine Antwort abzuwarten, verschwindet sie in der Küche.

„Können wir irgendetwas für dich erledigen?", ruft Ode ihr hinterher. Töpfe und Pfannen scheppern.

„Die Pakete rührt ihr nicht an, die Tüten könnt ihr ausräumen. In einer Stunde kommt der Lieferwagen und Thembe. Bis dahin machen wir es uns ein bisschen gemütlich." Ode lächelt Aba an und die beiden räumen die Lebensmittel aus den Tüten in den Kühlschrank und in die Regale. „Ich schütte Kaffee auf, dekorierst du die Tische?", fragt Aba. Ode nickt und holt Weihnachtsdecken aus den unteren Schubladen. Die Servietten haben den gleichen Print. Ode faltet sie zu Sternen und deckt im Innenraum ein. Der Blick in die Gästeliste hat ihr verraten, dass heute alle Tische besetzt sein werden, im Gegensatz zu gestern, wo nur draußen bedient wurde. Damit die Tischdecken nicht mit dem South-Easter davon wehen, beschwert sie sie mit Kerzen in steinernen Ständern.

„Kommt, kommt, setzt euch zu mir!" Ellen balanciert ein Tablett aus der Küche, beladen mit drei Tellern. Ode läuft das Wasser im Mund zusammen. „Rührei mit frischen Kräutern, gebratener Speck, Champignons in einer Creme-Sauce und Tomaten, die mit Maisbrei gefüllt sind." Aba bringt die Porzellan-Kanne an den Tisch und gießt Ode, Ellen und sich frisch aufgebrühten Kaffee ein.

„Noch einmal Frohe Weihnachten!" Ellen fasst mit der linken Hand nach Ode und der rechten nach Aba. „Das ist bestimmt das seltsamste Weihnachten, dass ihr je gefeiert habt. Aber denkt immer daran: Alles, was uns Schlimmes widerfährt, hat auch seine guten Seiten. Ich habe die letzten Jahre alleine gefeiert, für mich seid ihr also ein Geschenk!"

„Ach, Ellen!" Ode fällt der alten Frau um den Hals und drückt sie fest. Als sie die Wirtin loslässt, sieht sie die Rührung in ihren Augen.

„Guten Appetit." Ode schneidet sich ein Stück vom Speck ab und schiebt ihn sich in den Mund.

„So ein Weihnachtsfrühstück hatte ich noch nie", lächelt Aba. „Wir haben Mielie Pap mit Gemüse gegessen. Und Sweet Potatoes."

„Wir hatten einen Weihnachtsmorgen vor fünf Jahren, da war mein Vater gerade verschwunden und ich hatte noch nicht die Arbeit im Fisch-Restaurant, da aßen wir nur Toast und Erdnussbutter. Meine kleine Schwester Nothando war noch zu jung, aber Mandla war die Wut in Person und Philani hat den ganzen Tag nicht mehr geredet", ergänzt Ode. Auf dem Weg zum Rührei bleibt die Gabel in der Luft hängen. „Ich würde so gerne wissen, wie es meinem Bruder Olwethu geht." Ihre Stimme klingt erstickt bei den Worten.

„Ellen", wendet sie Aba ab die alte Frau, „gibt es die Möglichkeit in der Medi-Clinic anzurufen, ohne dass die Nummer erkannt wird?" Ellen legt ihren Kopf schief.

„Ihr könnt mein Handy benutzen und ich unterdrücke die Rufnummer. Gleich nach dem Frühstück?" Die Last auf Odes Schultern wird ein bisschen leichter und sie nickt.

„Warum warst du die letzten Jahre alleine an Weihnachten?", fragt Ode Ellen. Diese wiegt den Kopf hin und her.

„Ich habe euch doch erzählt, dass ich einen Mann geliebt habe, den ich nicht lieben durfte." Sie nippt an ihrem Kaffee und schaut zur Tür hinaus auf die Dünen. „Er gehörte dem Clan der Xhosa an. Ihr wisst bestimmt noch aus dem Geschichtsunterricht, welche Unruhen in den 70ern herrschten."

„Wir haben in der Mitte von Soweto einen Gedenkstein, das Hector-Pieterson-Monument. Der Junge soll eines der ersten Opfer des Aufstands gewesen sein." Ellen seufzt laut.

„Es waren furchtbare Zeiten. Nicht nur oben in Johannesburg, auch hier unten. Bomben wurden gezündet, Häuser standen in Flammen, Menschen wurden wegen ihrer Hautfarbe erschossen. Tja, in diesen Wirren habe ich mich verliebt. Er arbeitete als Portier in einem noblen Hotel in Kapstadt. Meine Eltern bewirtschafteten eine Straußenfarm und es war an mir, das Fleisch auszufahren. Morris war immer zur Stelle, wenn ich unsere Filets auslieferte. Seine Hilfsbereitschaft hatte nichts mit Höflichkeit einer Weißen gegenüber zu tun. Er war ..." Ellens Stimme versagt. Sie trinkt einen großen Schluck aus der Tasse und stellt sie ab. „Er hat mir später gestanden, dass es bei ihm Liebe auf den ersten Blick war." Sie lächelt auf ihren Teller herab.

„Bei dir nicht?", möchte Ode wissen. Ellen lacht in sich hinein. „Ich war jung und naiv, ich habe seine Gesten nicht verstanden. Nach ein paar Wochen bin ich dann dahintergekommen, dass er Gefühle für mich hatte. Wir gingen ein paar Mal miteinander aus." Ellen seufzt erneut aus tiefstem Herzen. „Wo wir hinkamen, begegnete man uns mit Abscheu und Feindseligkeit. In den Lokalen auf der Longstreet waren wir nicht willkommen, denn dort verkehrten hauptsächlich Weiße. Aus den Clubs in Kayelitsha warf man uns raus, da dort die Schwarzen feierten. Je mehr wir uns verliebten, uns näherkamen, desto schlimmer ging unsere Umwelt mit uns um. Unsere Liebe hielt elf Monate. Ich habe mich getrennt von Morris. Meine Eltern übten Druck auf mich aus. Sie drohten damit, die Straußenfarm nicht an mich zu vererben, sondern zu verkaufen. Meine beste Freundin wendete sich von mir ab. Sie empfand meine Freundschaft zu Morris, als Beschmutzung meines Körpers und Geistes." Ellen vergräbt ihr Gesicht in ihren Händen. „Ich habe versucht, an unserer Liebe festzuhalten. Aber es ging nicht." Die Worte kommen dumpf zwischen ihren Fingern hervor. Ode legt ihre Hand auf Ellens Arm und streichelt ihn sanft.

„Es tut mir leid, ich wollte deine Wunden nicht aufreißen." Die alte Frau legt ihre Hände auf dem Tisch ab.

„Nicht doch. Meine Geschichte muss erzählt werden, auch wenn es schmerzt. Wir haben doch dafür gekämpft, dass solche Unsäglichkeiten nicht mehr passieren. Nelson Mandela hat die Rainbow Nation ausgerufen. Und dann kommt ihr hierher und erzählt mir, dass alles von vorn los geht. So schrecklich, ich dachte wir, als Nation, hätten die Anfeindungen hinter uns gelassen. Es schmerzt im Herzen, zu sehen, dass es immer noch brennt in unsrem Land. Ich fühle mich mit meiner englischen Abstammung genauso hier zu Hause, wie Jeanette als Burin, wie ihr als ..."

„Zulu", hilft ihr Ode aus. Ellen nickt.

„Wir sind doch ein Volk." Aba schüttelt den Kopf.

„Davon sind wir weit entfernt. Alleine zwischen den Xhosa und Zulu gibt es Animositäten, selbst innerhalb der Zulu haben Clanzugehörigkeiten immer noch Vorrang. Ich glaube, dein Traum bleibt ein Traum." Sie schweigen während sie das Frühstück beenden und jede hängt ihren eigenen Gedanken nach. Der Morgen rückt voran und Thembe erscheint im Türrahmen.

„Frohe Weihnachten!" Mit seinen langen Beinen überbrückt er die Distanz zu den Dreien und zieht sie der Reihe nach in die Arme.

Ode schluckt hart. Sie ist übermannt von Gefühlen. Die Zeit, diese zu sortieren, hat sie nicht.

„Jetzt, wo wir alle beisammen sind, möchte ich euch die Geschenke geben!" Ellen wuselt hinter die Theke und kommt mit drei Tüten zurück. Ode hebt abwehrend die Hände.

„Aber ich habe doch nichts für dich. Ich kann nicht noch mehr annehmen." Ellen strahlt sie an und drückt sanft Odes Hände herunter. „Doch kannst du, denn mit eurer Anwesenheit habt ihr mir das schönste Weihnachtsfest seit Jahren beschert. Bitte!" Sie drückt jedem ein Päckchen in die Hand. „Packt schon aus!" Ellen versprüht so viel Freude, dass Ode ihr den Gefallen tut und nach dem Geschenk greift. Ihre Finger beben, bei dem Versuch, die rote Schleife zu öffnen. Es gelingt ihr beim zweiten Versuch. Sie löst die Klebestreifen, weil sie das Geschenkpapier nicht zerreißen möchte. Mit offenem Mund starrt sie auf die Packung in ihren Händen.

„Das kann ich jetzt wirklich nicht annehmen." Aba ist auf den Stuhl am Tisch gesackt, ihre Hände zittern und Ode sieht Tränen in ihren Augen glitzern.

„Ihr braucht Kontakt zur Außenwelt. Die Karten sind Prepaid und es ist genug Airtime drauf, dass ihr ein paar wichtige Anrufe tätigen könnt, ohne dass irgendein Verfolger da draußen nachvollziehen kann, woher die Anrufe kommen. Achtet nur darauf, dass ihr keine Hintergrundgeräusche habt, die könnten euch verraten." Ode fällt Ellen um den Hals.

„Danke, danke! Ich weiß einfach nicht, was ich sagen soll. Ich habe noch nie ein Handy besessen. Das ist so ..." Ode bleiben die Worte im Hals stecken.

„Schon gut, schon gut." Ellen drückt Ode von sich. „Ich nehme die Gefahr sehr ernst, und glaubt mir, ich möchte keinen wütenden Mob hier in meinem Restaurant haben. Daher ist es auch für mich wichtig, dass ihr umso vorsichtiger seid, wenn ihr eure Anrufe tätigt."

„Danke für dein Vertrauen, Ellen", sagt Aba und erhebt sich von ihrem Stuhl. „Ich gehe nach hinten und rufe in der Klinik an." Sie drückt das Telefon fest an ihre Brust, als sie den Schankraum verlässt. Wen soll Ode anrufen? Sie dreht das Handy in ihren Händen. Sie trifft eine Entscheidung und verlässt das Restaurant durch die Vordertüre.

Kapitel 12

Ode sitzt am Flutsaum und streckt ihre Füße in das Wasser. Das stete Anbranden der Wellen schenkt ihr Kraft, die Wärme des Sandes, Ruhe. Ihr innerer Aufruhr legt sich und ihre Gedanken sind klarer als in den Tagen zuvor.

„Hier bist du." Aba hockt sich neben Ode und fasst nach ihrer Hand. Ihre Finger verschränken sich miteinander. „Ich habe meine Chefin angerufen", beginnt Ode unvermittelt zu erzählen. „Zunächst hatte ich an Solomon gedacht. Aber da ich mir nicht sicher bin, ob er uns vielleicht verraten hat, wollte ich nicht mitsprechen. Eventuell hat er uns an der Waterfront gesehen, ich weiß es einfach nicht." Der Wind aus dem Süden weht ihr die Haare aus dem Gesicht und kühlt ihre Wangen. „Ich habe ihr alles erzählt, wirklich alles. Sie hat mir versprochen, meine Familie zu unterrichten über die Vorkommnisse und der Schule wird sie nach den Ferien eine Nachricht zukommen lassen. Sie wird für mich mein Zwischenzeugnis abholen, damit ich irgendwann wenigstens etwas in der Hand habe. Wir wollen in zwei Wochen wieder telefonieren. Sie stellt mich wieder ein, falls ich zurückkehre." Tränen rinnen aus Odes Augenwinkeln. „Mit soviel Verständnis habe ich nicht gerechnet. Ich denke, ich werde sie nie wieder sehen. Sie war eine gute Chefin." Ode wischt sich mit dem Handrücken über die Augen. Aba legt ihre Hand an Odes Wange und streicht mit dem Daumen die Tränen fort.

„Ich habe auch Nachrichten aus der Klinik." Sie lässt ihre Hand fallen und fährt mit ihren Fingern durch den Sand. „Zuerst einmal das Wichtigste: Dein Bruder ist aufgewacht aus dem Koma. Er spricht noch zusammenhangslos daher. Die Tests werden ergeben, ob das Nachwirkungen des Komas sind oder Spätfolgen der Kugel." Aba häuft den Sand an und streicht ihn wieder glatt. Ihre Zehen krallen sich in den Sand. Ode legt ihren Arm um Abas Schultern, die zu beben beginnen. „Mir wurde fristlos gekündigt, weil ich mehrere Tage in Folge grundlos gefehlt habe. Meine Schwester hat versucht, meine Stelle zu retten." Aba schluchzt in sich hinein. „Sie war so wütend auf mich. Hat mir vorgeworfen, dass ich alles hinwerfe für ..." Sie schnieft in den Ärmel ihres Kleides. „Sie hat mir etwas von hohen Arbeitslosenzahlen erzählt und wie glücklich ich mich schätzen sollte, eine Arbeit im Krankenhaus zu haben. Die hätte vor allem Vorrang. Auch vor der Liebe. Sie schämt sich für mich und sie bezweifelt, dass ich mich in Lebensgefahr befand. Als sie mir vorgeschlagen hat, einen Freund zu besorgen, der mich heiraten wird, habe ich aufgelegt." Aba winkelt die Knie an und legt ihren Kopf darauf ab. In dieser Position verharrt sie für lange Augenblicke und Ode weiß nicht, wie sie ihre Freundin trösten soll. Wie schwer wog Liebe in einem solchen Leben?

„Los, Mädchen, auf, auf, die Arbeit ruft!" Thembe steht hinter ihnen, die Hände in die Seiten gestützt. Seine Augen sind angefüllt mit Mitleid und Ode weiß, dass er versucht die Situation zu überspielen.

„Wir kommen sofort." Ode rafft sich auf und zieht Aba auf die
Füße. Mit den Schuhen in der Hand laufen sie über die Dünen,
über ihnen ziehen die Möwen ihre Kreise. Thembe folgt Odes
Blick.

„Die freuen sich auf die Fisch-Überbleibsel. Die Vögel sind unsere
besten Abnehmer der Essensreste." Auf dem Parkplatz stehen bereits acht Autos und Stimmengewirr schwirrt zu ihnen hinüber. Ellen eilt ihnen entgegen, in jeder Hand eine Schürze, die sie den
Mädchen reicht. Während Thembe in die Küche zurückläuft und
sein Bruder das Feuer anfacht, versammeln sich die Gäste an den
Tischen, die ihnen Ellen zugewiesen hat.

„Aba, du gehst wieder in die Küche und hilfst zwischendurch an
der Theke aus, Ode du übernimmst die Tische in den Dünen, ich
bediene drinnen und draußen. Lasset das Chaos beginnen." Sie lächelt ein verschwitztes Lächeln und hastet den nächsten Gästen
entgegen, die am Torbogen aus Walfischrippen warten. Dichter
Rauch steigt vom Grill auf, als Bayanda das in Marinade eingelegte
Fleisch auf das Gitter legt. Daneben legt er den Yellowtale. Er
streut frische Kräuter darüber und die Luft ist erfüllt von einem
würzigen Aroma. Ode läuft das Wasser im Mund zusammen, dabei hat sie eben erst gefrühstückt. Sie holt Getränke von der Theke,
serviert sie und räumt Geschirr ab. Aus den Lautsprechern plätschert Weihnachtsmusik. Ode beobachtet die Familien, wie sie bei-
sammensitzen, Geschenke auspacken und sich in die Arme fallen.
Ihr Bruder Olwethu kommt ihr in den Sinn und die

Weihnachtsstimmung ist wie fortgewischt. Am frühen Nachtmittag schickt Ellen sie in eine kurze Pause. Ode stapft zu Bayanda an den Grill, lässt sich von ihm gegrillte Maiskolben und Impalasteak auf den Teller legen und hockt sich zu ihm auf die Steine. Sie schätzt ihn auf Anfang zwanzig. Offenbar hat sie ihn zu lange angestarrt, denn er zwinkert ihr zu und Ode steigt die Röte ins Gesicht.

„Wo kommt dein Name her? Da, wo ich herkomme, heißt niemand so wie du." Sie mustert ihn interessiert, während er das Fleisch wendet. „Das ist Matabele, mein Stamm hat sich von den Zulus abgespalten."

„Haben die Matabele mit den Ndebele zu tun?", setzt Ode ihre Fragen fort. Der junge Mann nickt und lacht leise.

„Die kennt jeder Tourist. Wegen der typischen Bemalung der Häuser und der Stickereien auf der Kleidung. Aus dem Dorf, wo ich herkomme, höre ich immer wieder, wie die Europäer dort einfallen. Als ob meine Leute Museumsstücke wären, die man anglotzen muss." Er legt einem kleinen Mädchen gegrillte Paprika auf den Teller und wendet sich wieder Ode zu. „Aber dadurch halten wir im Ort einen gewissen Lebensstandard. Die Touristen kaufen unsere Taschen, Armbänder und Tücher, nehmen sie mit nach Hause und erinnern sich an einen wunderbaren Urlaub." Er schüttelt den Kopf. „Ich tausche gerne: Lehmhütte gegen Luxuswohnung in Schweden."

„Das hört sich an, als wollte du weg von hier." Ode nagt an dem Maiskolben und sieht zu, wie Bayanda den Gästen Essen auf die Teller häuft. Er wischt sich die Hände an einem Tuch ab, welches in seiner Jeans steckt.

„Irgendwann möchte ich hier raus. Wenn ich genug Geld zusammen habe, möchte ich nach Australien. Vielleicht nimmt mich dort ein Cricket-Team."

„Kannst du spielen? Ich verstehe Cricket nicht", gibt Ode zu und steckt sich den letzten Bissen vom Fleisch in den Mund.

„Er ist sogar sehr gut!" Thembe steht mit einem Tablett in der einen Hand hinter seinem Bruder und klopft ihm mit der anderen auf die Schulter. So heftig, dass dieser einen Schritt nach vorn stolpert.

„Ich muss jetzt wieder an die Arbeit", sagt Ode und erhebt sich von den warmen Steinen.

„Wenn du Lust hast, erkläre ich dir mal meinen Lieblingssport." Bayanda zwinkert Ode zu und dreht sich zum Grill. An Thembes Seite läuft sie zurück in die Küche.

„Mach meinem Bruder keine Hoffnungen, außer du bist wirklich interessiert, okay?", kommt es unvermittelt von dem Koch. Odes Schritte stocken.

„Ich will doch gar nichts von ihm. Ich wollte mich nur ein bisschen unterhalten, während ich meine Mittagspause mache."

„Wie du meinst", sagt Thembe, scheint aber nicht überzeugt, denn seine Miene ist nach wie vor gekräuselt. Odes Magen dreht sich wie das Rad beim Bingo in der Kirchengemeinde zu Hause. Sie sieht ihn von der Seite an. Würde er zu einem Problem werden? Warum nur, hatte sie sich auch zu Bayanda gesetzt und war nicht in die Küche gegangen, um sich mit Aba zu unterhalten? Tief in ihrem Inneren kennt sie die Antwort. Schuldgefühle nagen an ihren Eingeweiden. Ihre Freundin hat ihre Arbeit verloren, wegen ihrer Liebe. Ihre Schwester hat sie verstoßen, und wer weiß wie die Großeltern von Aba die Geschichte aufnahmen, wenn die Schwester sie überbrachte. Ode möchte ihr nicht unter die Augen treten, dennoch betritt sie hinter Thembe die Küche. Aba hat sich ein Tuch um den Kopf gebunden, der Schweiß läuft ihr über die Schläfen, während sie mit einem Chefmesser gleich große Portionen aus dem rohen Fleisch schneidet und mit Marinade einreibt. Ihre Stirn liegt in Falten und um ihren Mund ein verkniffener Zug. Ode schenkt ihr ein Lächeln, das Aba nicht erwidert. Sie senkt den Kopf und konzentriert sich auf die Steaks. Ode wäscht in der Spüle ihren Teller und stellt ihn zum Trocknen auf ein Handtuch.

„Ich muss wieder an die Arbeit, bis später." Sie hebt ihre Hand und verschwindet mit schnellen Schritten aus der Küche. Wenn Thembe nun Aba weis macht, dass sie mit seinem Bruder flirtete, was dann? Odes Magen rumpelt. Mit einem Seufzer auf den

Lippen begibt sie sich wieder daran, die Gäste an den Tischen zu bedienen. Als das Stimmengewirr nachlässt, ist der Himmel in ein Rot-Gold getaucht. Ellen verabschiedet die letzten Restaurant-Besucher, die versprechen, bald wieder zu kommen. Mit einem Ächzen fällt Ode unter einem Netz auf die Bank und legt ihre Füße hoch. Das Laufen im Sand hat ihre Muskeln so angestrengt, dass sie nun unkontrolliert zittern. Mit ihren Händen reibt sie sich die Waden. Ellen kehrt aus dem Schankraum zurück mit einem Tablett auf dem sie eine Glaskaraffe und fünf Gläser balanciert. Aba und Thembe folgen ihr im Schlepptau. Bayanda schaufelt die Kohlen zusammen, wischt sich mit seinen verrußten Fingern über die Stirn und setzt sich auf den Baumstumpf neben Ode. Thembe hebt vielsagend die Augenbrauen. Ode nimmt die Beine von der Bank und winkt Aba, sich neben sie zu setzen. Diese dehnt ihren Rücken nach links und rechts und fällt mit einem Plumps neben Ode. Ihr Blick ist müde, dennoch fasst sie nach Odes Hand und drückt sie. Ein Haufen Kiesel rutscht dem Mädchen vom Herzen und sie erwidert den Druck.

„Auf einen erfolgreichen Weihnachtstag, morgen geht es weiter, dann haben wir uns einen Ruhetag verdient." Sie schenkt jedem von der Zitronen-Limonade ein und Ode nimmt ein paar gierige Schlucke. „Wollt ihr heute Abend mit zur Party in Ytzerfontain kommen? Ein stadtbekannter DJ legt auf. Wir feiern ein paar Stunden, fahren euch dann zurück und ihr schlaft noch eine Weile, bis zum Arbeitsbeginn. Es ist Weihnachten, das müssen wir feiern!"

„Ich bin todmüde und muss unbedingt ein paar Stunden schlafen",
sagt Aba und wie zur Untermalung gähnt sie mit weit offenem
Mund. Bayandas Blick heftet sich auf Ode. Nachdem ihr Nomandia
verboten hatte, auf den Weihnachtsball der Schule zu gehen, hätte
sie Lust sich all ihre Sorgen und Gedanken aus dem Körper zu tanzen. Sie verschränkt die Arme. Mit Bayanda tanzen zu gehen,
würde das falsche Signal setzen. Ihr Blick wandert zur Freundin,
versucht darin zu lesen, was diese denkt. Sie weiß, dass sie Musik
liebt.

„Was meinst du? Wollen wir mitfahren? Die Stadt kennenlernen
und uns ein bisschen von den Sorgen befreien?" Aba wiegt ihren
Kopf. „Also wenn es darum geht, Ytzerfontain zu besuchen, so
können wir das gerne bei Tageslicht übermorgen machen, wenn
wir uns alle den Ruhetag redlich verdient haben", wirft Ellen ein.
„Bald legt sich die Dunkelheit über das Meer, dann wird auch von
der wilden Küste nicht mehr viel zu sehen sein. Aber wenn ihr tanzen gehen möchtet, stehe ich euch nicht im Weg. Hauptsache, ihr
seid pünktlich zur Arbeit wieder da und schlaft während der Bedienung nicht ein. Das ist alles, was ich mir wünsche. Ihr Mädchen
sollt auch euren Spaß haben. Nach all dem, was ihr durchgemacht
habt, solltet ihr die Chance nutzen." Die alte Frau schaut von einem
zum anderen.

„Aber erst möchte ich duschen und mir etwas frisches anziehen."
Ode sieht Aba an, dass sie nicht wirklich Lust hat, nach diesem langen Tag voller Mühen noch Feiern zu gehen. Umso mehr freut sich

ihr Herz, dass sie mitkommen möchte. Alleine wäre sie unter keinen Umständen mitgefahren. In ihrem Lagerraum steigt Ode unter die Dusche, wäscht ihre Haare und seufzt, als das lauwarme Wasser über ihren geschundenen Körper fließt. Ihre Muskeln entspannen sich unter dem Prickeln auf ihrer Haut. Zu Hause hatte sie weder eine Dusche noch ein Badezimmer und sie genießt das Gefühl von einem kleinen Stückchen Luxus. Bevor der Boiler leer ist, verlässt sie die Duschtasse und lässt Aba hinein, nicht aber ohne ihr einen intensiven Kuss auf die Lippen zu drücken.

„Danke", haucht sie. „Dafür, dass du mitkommst. Ich muss den Kopf frei bekommen und tanzen ist für mich ein Weg."

„Ich werde schon ein paar weitere Stunden überstehen", murmelt Aba zwischen zwei Küssen. „Ist ja nicht viel anders, als eine Nachtschicht im Krankenhaus." Sie wendet sich von Ode ab, aber diese hat den Schmerz bemerkt, der über das Gesicht der Freundin gehuscht ist. Sie überlässt das Badezimmer Aba und rubbelt sich vor der Türe ab. Nackt steht sie vor dem Regal und lässt ihre Finger über die Kleidungsstücke gleiten. Soviel Auswahl. Beinahe fällt es ihr schwer, eine Entscheidung zu treffen. Sie hält sich den Jeansrock vor und nickt. Ein olivfarbenes Top rundet ihr Outfit ab. Die Sneaker an ihren Füßen fühlen sich unpassend an, aber sie hat keine Alternative. Mit einem Plumps lässt sie sich auf die Matratze nieder und kämmt sich ihre verknoteten Haare. Sie fallen ihr wie ein Fächer über die Schulterblätter. Sie entschiedet sich dafür, sie offen zu lassen. Kuale hätte jetzt das Glätteisen gezückt und sich über ihr Haar hergemacht. Wehmut zupft an Odes Lippen. Die Sehnsucht nach ihrer Familie und ihren Freunden zerrt an ihrer Seele. Ohne sie kommt ihre Familie nur schlecht über die Runden; dieses Wissen nagt an ihr. Ihr Gehalt war das Rückgrat der Familie. Die Drogen-Einkünfte zu unsicher, um sich darauf zu verlassen. Von nun an hatte ihre Familie keine Wahl mehr. Mandla und Philani mussten das Überleben ihrer Familie sichern. Ode entfleucht ein widerwilliger Lacher, als sie daran denkt, dass es wahrscheinlich ihre eigene Familie war, die sie alle in diese Situation geführt hat. Jeder einzelne hatte durchaus die Wahl gehabt, den Mund über ihr Verhältnis zu Aba zu halten. Vielleicht tat sie ihnen auch unrecht und die Anschuldigungen mussten sie gegen jemand anderes richten? Solomon? Ein Klassenkamerad, der eifersüchtig war, weil er sie nicht haben konnte? Sie schrickt aus ihren Gedanken hoch, als Aba sie an der Schulter rüttelt.

„Schläfst du mit offenen Augen?", neckt sie die Freundin, die bereits angezogen und gekämmt neben ihr hockt.

„Ich habe an zu Hause gedacht. Wer hat uns verraten? Wer war so wütend, dass er einen Mob zusammengerufen hat, uns zu jagen?" Aba legt ihre Hand auf Odes Knie.

„Ich weiß es nicht. Sich darüber heute den Kopf zu zerbrechen, macht keinen Sinn. Lass uns fahren, okay?" Sie zieht Ode mit auf die Füße und gemeinsam verlassen sie das Lager. Ellen drückt Ode den Schlüssel in die Hand.

212

„Verlier ihn nicht, sonst müsst ihr vor der Türe schlafen, bis ich
morgen komme und euch reinlasse." Aba fasst nach dem Schlüssel
und zieht ihn auf ihre Kette. Sie lässt ihn zwischen ihre Brüste gleiten und stemmt die Hände in die Hüften. „Worauf warten wir,
lasst uns feiern gehen!" Bereits auf dem Parkplatz des Clubs wum-
mern die Bässe und hallen in Odes Bauch wider, als sie aus dem
Auto steigt. Eine lange Schlange hat sich am Eingang gebildet und
Thembe, Bayanda, Ode und Aba reihen sich ein. Ellen hat den
Mädchen ein paar Rand zugesteckt für den Eintritt und Getränke.
Die Liste an Schulden in Odes Kopf wird immer länger. Sie möchte
keine Almosen und weiß, dass es sie harte Arbeit kosten wird, all
die Punkte abzuarbeiten.

„Merry Christmas", schallt ein Ruf über den Platz und die jungen
Leute in der Reihe rufen die frohen Wünsche zurück. Ein Lächeln
erscheint auf Odes Gesicht bei soviel Ausgelassenheit. Es fühlt sich
befreiend an, Dinge zu tun, die Menschen in ihrem Alter unternehmen. Nicht darauf achten zu müssen, ob jeder genug zu Essen
hatte oder Kleidung für den Winter. Ode fällt in die Rufe mit ein.
In diesem Augenblick fühlt sie sich frei. Frei von allen Zwängen
und Aufgaben. Hier, in diesem Moment, ist sie einfach nur Ode.
Das Glück schwappt in ihr über und sie zieht Aba in eine Umarmung. Diese löst sich sanft aus den Armen ihrer Freundin. Enttäuschung macht sich in Ode breit, darunter mischt sich ein Hauch
Verständnis. Ein weiteres Mal können sie es sich nicht leisten, ver-
trieben zu werden. Sie lacht und lässt Aba los. An diesem Feiertag
wir sie sich nicht die Laune vermiesen lassen. Heute will sie

tanzen. Sie bezahlen den Eintritt am Eingang und Ode lässt sich von den Nachrückenden die Treppe hinunterschieben. Indirektes Licht an den Wänden weist ihnen den Weg. Unten eröffnet sich eine achteckige Tanzfläche an deren Seiten flache Tische mit Clubsesseln stehen. Dort räkeln sich kaum bekleidete Mädchen auf den Schößen junger Männer. Ode verdreht die Augen und zieht Aba auf die Tanzfläche. Thembe und Bayanda folgen den Mädchen. Aus den Lautsprechern erklingt „Feliz Navidad" mit einem treibenden Bass, der Ode veranlasst, ihre Hüften im Rhythmus zu wiegen. Der Strom an Tanzwütigen bricht nicht ab und eine halbe Stunde später ist die Tanzfläche zum Bersten voll. Die Körper drängen aneinander, überall sind Arme und Beine und Ode hat Mühe, Aba im Auge zu behalten. An sie heran zu tanzen wird von Sekunde zu Sekunde schwieriger, Schweiß perlt von Odes Stirn. Mit einem Kopfschütteln drängt sie sich beim letzten Takt von „Last Christmas" durch die Tänzer, die bei dem Song Pärchen gebildet haben, und rutscht auf einen Hocker an der Theke. Tannengrünes Licht erhellt die Vitrinen an der Wand und die Barkeeperin schüttet im Takt Getränke ein.

„Was kann ich dir bringen, Süße?" Odes Wangen färben sich bei der Ansprache rot, sie ist erleichtert, dass jeder in dem Club die gleiche Wangenfarbe wie sie trägt. Sie fächelt sich mit der Hand Luft zu und beugt sich vor.

„Zwei Cola bitte."

„Mach vier draus." Bayanda schiebt sich neben sie. „Na, habe ich dir zu viel versprochen?" Ode schenkt ihm ein kleines Lächeln, von dem sie hofft, dass er keinen Annäherungsversuch hineininterpretiert.

„Es ist wirklich toll", sagt sie und nippt an dem Getränk, an dessen Glas sich Kälteperlen gebildet haben. Sie dreht ihren Kopf und versucht, Aba unter den Tänzern zu entdecken. Hatte Ellen Thembe von ihrer Beziehung erzählt? Das hätte sie klären sollen, bevor sie hergekommen sind. Sie ballt eine Faust in ihrem Schoss. Wie sie es dreht und wendet, es bleibt kompliziert. Bayanda prostet ihr zu und Ode stößt mit ihm an. Erleichterung durchflutet sie, als sie Aba entdeckt, die sich durch die Leiber drängelt, um zu ihr zu gelangen. Sie stolpert aus der Menge heraus, in Bayandas Arme, der sie geschickt auffängt. Als er keine Anstalten macht, sie loszulassen, schiebt Aba ihn mit einem Lächeln auf den Lippen, das Ode nicht identifizieren kann, von sich fort. Sie nimmt Ode das Glas aus der Hand und trinkt es mit ein paar Schlucken halb leer. Sie fährt sich mit der Zunge über ihre Lippe und strahlt Ode an. „Toll, dass du mich überredet hast, mit feiern zu gehen. So viel Spaß hatte ich schon lange nicht mehr." Ode durchfährt ein scharfer Schmerz bei diesen Worten. Hatte sie keinen Spaß mit ihr gehabt an der Waterfront? Beim Chor oder im Café? Ode beobachtet ein Pärchen, die in einer Ecke des Clubs nicht die Finger voneinander lassen können. Wann immer das Diskolicht in ihre Richtung zuckt, hat einer von ihnen weniger Kleidung an. Ihre Idee, hierher zu kommen, zieht sie langsam in Zweifel, erwidert aber Abas offenes Lächeln.

„Ich möchte noch eine Runde tanzen, was ist mit euch?" Aba sieht von Ode zu Bayanda, fasst beide an den Oberarmen und zieht sie hinter sich ins Getümmel. Der DJ wechselt von Weihnachtsmusik zu Kwaito und Ode lässt sich mitreißen. Diese Musik fühlt sie tief in sich, es ist wie Heimat, nach Hause kommen. Sie lacht und weint gleichzeitig und sie stampft mit ihren Füßen zu dem Beat. Bayanda und Aba haken sich bei ihr unter und gemeinsam wiegen sie sich zu den Rhythmen, die ihnen mit in die Wiege gelegt worden sind. Zwei Stunden später zieht sich Ode am Geländer die Treppe hoch. Ihre Füße schmerzen bei jedem Schritt, die Zehen sind taub und ihr Rücken schreit. Die Digitaluhr über dem Verkaufshäuschen zeigt 02.00 Uhr nachts, der zweite Feiertag ist bereits angebrochen und Ode sehnt sich nach ihrer weichen Matratze. Sie beugt sich vor, um ihren Rücken zu strecken und zu dehnen, dabei fällt ihr Blick auf den Treppenabsatz unten, den gerade Bayanda mit Aba im Arm betritt. Der junge Mann beugt sich vor und legt seine Lippen auf Abas. Mit einem Ruck richtet sich Ode auf und stürzt den beiden entgegen.

Kapitel 13

"He, was soll das?" Ode entgleiten die Gesichtszüge, als Bayanda ihr zuzwinkert und erneut Aba an ihrem Shirt zu sich zieht und seinen Mund auf ihren legt. Diese drückt den jungen Mann von sich, holt aus und ihre flache Handfläche klatscht auf seine Wange. Bayanda weicht ein Stück von Aba zurück, sein Grinsen bleibt in seinem Gesicht kleben. „Du bist ja eine heiße Braut, so habe ich dich gar nicht eingeschätzt, Baby."

„Lass sie in Ruhe!" Bayanda baut sich vor Ode auf.

„Bist wohl eifersüchtig, was? Ich nehme es auch gerne mit euch beiden auf."

„Du nimmst es mit keinem von uns beiden auf", blafft Ode zurück. „Nur weil meine Freundin keinen Alkohol verträgt, musst du das nicht ausnutzen."

„Was ausnutzen?" Ode schlägt die Hände vors Gesicht. Thembe ist hinter den beiden aufgetaucht und schiebt sie auf den Parkplatz hinaus. „Bayanda hat Aba geküsst, obwohl sie das gar nicht möchte." Aba tritt von den Männern zurück und stellt sich neben Ode.

„Bringt uns einfach nach Hause, okay? Wir wollen nur ins Bett, sonst nichts. Keine Zweideutigkeit." Thembe schaut von einer zum anderen und Ode hebt abwehrend die Hände.

„Wir wollten nur ein bisschen tanzen, Spaß haben. Wir wollen keinen Flirt, keine Beziehung oder sonst irgendetwas. Wir haben genug Stress." Sie weicht einen Schritt zurück, als Bayanda auf sie zukommt.

„Den ganzen Tag habt ihr mit uns geflirtet, das hier war doch ein klassisches Doppeldate, auch wenn sich mein Bruder zeitweise ein bisschen rar gemacht hat. Kommt schon, lasst uns den Abend mit ein bisschen Spaß ausklingen lassen." Aba und Ode schütteln gleichzeitig den Kopf.

„Lass uns ein Taxi nach Hause nehmen, ich möchte nicht mit den beiden nach Hause fahren." Ode wühlt in ihren Taschen.

„Ich habe kein Geld mehr, wir müssen laufen." Sie zieht Aba hinter sich her, die Straße herunter.

„Jetzt kommt schon, seid doch nicht solche Spielverderber!" Bayanda schreit über die ganze Straße, sein Bruder hält ihn am Arm zurück.

„Mir war klar, dass ihr Probleme macht", ruft er den Mädchen hinterher. Ode unterdrückt ein Schluchzen und schlägt den Weg ein, den sie hergefahren sind. Sie läuft an den Geschäften vorbei, von denen sie vor ein paar Stunden noch dachte, sie mit Ellen erkunden zu können. Unsicherheit hat Besitz von ihr ergriffen. Der South-Easter streicht über ihre nackten Arme, die mit einem Schweißfilm überzogen sind und eine Gänsehaut überläuft sie. Wenige Straßenlaternen säumen den Weg und als sie hinter dem letzten Haus auf die Landstraße treten, legt sich die Dunkelheit wie eine Decke über sie. Die Unsicherheit wandelt sich zu einem Unwohlsein, dass sich nicht verdrängen lässt. Obwohl ihre Knochen schmerzen, lauscht sie hochkonzentriert in die Nacht. Falls die Männer ihnen folgen sollten, will sie es rechtzeitig mitbekommen. Aba scheint die gleichen Gefühle zu hegen, denn sie zieht ihre Freundin fort vom Straßenrand in Richtung Dünen. Wilde Büsche und Sträucher, die ihnen bis zur Brust reichen, wachsen im Sand der Dünen. Das Meer rauscht zu ihnen hinüber und Ode überlegt, oben es nicht besser sei, am Strand entlang zurück zu laufen. Sie will ihre Idee gerade Aba mitteilen, da ertönt Motorengeräusch hinter ihnen. Aba zerrt Ode hinter einen Busch und sie hocken sich dicht aneinander gedrängt dahinter. Die Dornen stechen in ihre Haut, Ode drängt den Schmerz zurück. Niemand darf sie hier entdecken, vor allem nicht die zwei Brüder. Sie kennt diese Sorte Männer und ihr Verhalten, wenn sie in ihrem Stolz verletzt werden. Sie würden sich einfach nehmen, was ihnen zuvor verwehrt wurde. Ode presst Aba an sich, die Scheinwerfer gleiten über sie hinweg und Odes Herz rast. Wurden sie entdeckt? Der Motor entfernt sich, offenbar suchen sie in Richtung *Grill & Chill* weiter. Sie spürt Abas Atem an ihrem Hals, der Duft von Alkohol steigt ihr in die Nase.

„Wir brauchen einen neuen Plan", sagt sie mehr zu sich selbst. Ihre Gedanken rasen. In diesem Stachelbusch hocken bleiben können sie nicht, zum Restaurant zurück aber auch nicht. Ihnen bleibt nur ein Weg - zurück in die Stadt. Wie schwer konnte es sein, Ellens oder Jeanettes Auto ausfindig zu machen in diesem kleinen Ort? Mit ein paar knappen Worten weiht sie Aba in ihren Plan ein.

„Warum sollten die uns glauben", fragt ihre Freundin und Ode hört, wie sie ein Schluchzen unterdrückt. Ode zieht sie in ihre Arme.

„Ich weiß es nicht, aber wir müssen hier weg und sie haben uns schon einmal geglaubt, warum nicht ein zweites Mal?" Sie glaubt ihren eigenen Worten nicht, aber die Verzweiflung in ihrem Inneren weist ihr den Weg. Im Schatten der Büsche laufen die Mädchen zurück zur Ortschaft. Am Ortseingang verlassen sie die Hauptstraße und umrunden die Häuserreihe, um in ihren Rücken zu gelangen. Von dort suchen sie jede einzelne Stichstraße ab. Odes Füße schmerzen so sehr, dass ihr bei jedem Schritt ein Laut entfährt, den sie zu unterdrücken versucht. Nach drei weiteren Straßen lässt sie sich gegen eine Hauswand sinken und rutscht an ihr herab.

„Ich kann nicht mehr. Ich bleibe einfach hier." Ihr Kopf sackt nach vorn auf ihre Knie, die sie an den Körper gezogen hat. Das Pochen in ihren Gelenken zieht ihr die Waden hinauf, bis in die Kniekehlen. Die Müdigkeit überrumpelt sie und ihre Lider fallen zu.

Geweckt wird sie von einem Rütteln an ihrer Schulter. Sie schreckt hoch und ihr Blick irrt umher.

„Wo bin ich?" Aba hockt neben ihr und hält ihre Hand. Über ihren Beinen liegt eine Quilt-Decke ausgebreitet, auf dem Couchtisch brennen vier Kerzen auf einem Kranz.

„Du hast die Besinnung verloren, da bin ich losgerannt und wollte eigentlich ein Taxi zur hiesigen Klinik rufen. Gefunden habe ich aber fünf Häuser weiter das Auto von Jeanette. Ich habe sie aus dem Schlaf geklingelt und Jaques hat dich ins Auto getragen und hier auf dem Sofa abgelegt. Wärst du jetzt nicht aufgewacht, hätten wir doch noch den Krankenwagen gerufen." Ihre Augen glänzen verdächtig, die Sorge um Ode steht ihr deutlich ins Gesicht geschrieben.

„Hier, ich habe hier zwei Panado für dich, gegen die Schmerzen." Da Ode das Glas, das ihr Aba hinhält, nicht alleine halten kann, unterstützt sie Aba beim Trinken. Ein paar Tropfen fallen auf die Decke. Ode lässt sich zurück auf die Kissen sinken.

„Hast du Jeanette alles erzählt?" Aba nickt. „Und hat sie dir geglaubt?" Aba lässt sich auf ihre Fersen zurücksinken.

„Ich denke schon. Jaques und Dylan waren sehr aufgebracht und wollten losziehen und Thembe und Bayanda verprügeln. Jeanette konnte sie mit Mühe zurückhalten. Sie meinte, wir sollen in der

Früh zur Polizei gehen." Ode schließt ihre Augen und legt ihren
Unterarm über ihr Gesicht.

„Was sollen sie denn groß machen? Es ist doch noch nichts passiert. Es steht Aussage gegen Aussage. Vergiss es, ich gehe nicht
zur SAPS."

„Das habe ich mir schon gedacht. Ich sehe das ähnlich wie du. Nur
was sollen wir jetzt unternehmen? Ich bekomme Magenschmerzen,
wenn ich daran denke, zurück zu Ellen gehen zu müssen." Ode
hört die Verzweiflung in Abas Stimme.

„Wir müssen Ellen erzählen, was passiert ist. Auf ihr Handeln
kommt es an, wie unsere Zukunft aussieht", murmelt Ode. Der
Schlaf zerrt an ihr und nach wenigen Sekunden verliert sie den
Kampf. Stimmengewirr weckt sie. Das Wohnzimmer ist von Tageslicht erfüllt. Ihr gegenüber an der Wand steht eine Schrankwand,
angefüllt mit Büchern, die kreuz und quer darin liegen. Der Anblick zaubert ein Lächeln in Odes Gesicht. Das Wohnzimmer geht
in eine offene Küche über. Um den Block in der Mitte hat sich Jeanettes Familie versammelt, Aba und Ellen stehen mit ihren Rücken
zu Ode. Sie schiebt sich die Decke von den Beinen und setzt sich
auf die Sofakante. Jeder einzelne Knochen in ihrem Körper streikt.
Mit ihren Fäusten stemmt sie sich aus dem Sofakissen hoch und
tappst zu den anderen in die Küche. Aba sieht ihr aus geschwolle-
nen Lidern entgegen. Die Stimmen am Küchenblock verstummen
und Ellen schüttet ihr wortlos eine Tasse Kaffee ein. Jaques kippt

Sahne dazu und reicht Ode den Becher. Mit ihrer Hüfte lehnt sie sich an den Tresen und bläst über den Dampf.

„Guten Morgen", begrüßt Jeanette sie von der anderen Seite aus.

„Wie geht es dir?", will Dylan wissen. Alle Augenpaare sind auf Ode geheftet, die von so viel Aufmerksamkeit verunsichert, von einen auf den anderen Fuß tippelt.

„Ganz okay, mein Körper protestiert bei jeder Bewegung, aber das wird schon."

„Dann brauchen wir keinen Krankenwagen rufen." Erleichterung schwingt in Ellens Stimme mit. Sorgenfalten kräuseln sich auf ihrer Stirn.

„Ich mache Frühstück", verkündet Jaques und macht sich am Kühlschrank zu schaffen. Wie zur Antwort rumort es in Odes Magen und Dylan prustet los.

„Beeil dich, Bruder, sonst entfesselt sich ein Löwe in unserer Küche." Seine Miene wird ernst. „Wie geht es denn jetzt weiter?" Ode tritt an den Küchenblock neben Aba.

„Wir können nicht zur Polizei. Ich weiß aus Erfahrung, wie es auf einer Polizeistation zugeht. Wenn du schwarz bist und obendrein eine Frau, glaubt dir kein Cop."

„Vielleicht ist es so in Soweto", wirft Ellen ein, „aber hier wohnen wir in einer beschaulichen Ortschaft, wo eigentlich jeder jeden kennt. Der Polizeichef trainiert das Cricket-Team, er ist einer von uns." Ode stellt ihre Tasse auf der Melanin-Platte ab und legt ihre Hände darauf. „Bayanda spielt in dem Team, oder? Er hat mir erzählt, wieviel Talent er hat und vielleicht eines Tages im Nationalteam spielen wird." Stille senkt sich über den Küchenblock, nur das Brutzeln des Specks durchbricht den Moment.

„Ode hat Recht", sagt Aba mit gesenkter Stimme. „Und du, Ellen, brauchst die Jungen für dein Restaurant." Odes Freundin blickt bei ihren Worten auf ihre Füße.

Die alte Frau lässt sich auf einen Barhocker sacken und vergräbt ihren Kopf in ihren Händen.

„Daran habe ich noch gar nicht gedacht, die ganze Zeit ging mir nur der Gedanke durch den Kopf, dass euch Mädchen nichts passiert ist." Ein Schluchzen unterbricht ihre Worte. Sie braucht einige Sekunden, um sich zu sammeln. „Ihr seid doch alle meine Kinder!" Jeanette umrundet den Küchenblock und zieht ihre Freundin in eine Umarmung.

„Wir müssen gehen", sagt Ode tonlos, alle Kraft entweicht aus ihren Muskeln und sie sackt gegen Aba. Die fängt sie auf und schiebt sie auf einen Hocker neben Ellen.

„Bevor etwas entschieden wird, frühstücken wir erst einmal. Wir haben noch zwei Stunden, bis dein Restaurant eröffnet." Jeanette sieht zuversichtlicher aus, als Ode sich fühlt, doch sie nickt zustimmend. Ohne Essen im Bauch würde sie keine hundert Meter weit gehen. Dylan deckt Teller und Besteck ein und Jaques läuft herum und verteilt aus der Pfanne den Speck und aus der anderen Pfanne das Rührei. Im Toaster klackt das Brot hoch und Ellen schneidet es in Dreiecke. Ode streicht Butter darauf, die sofort schmilzt. Sie belegt es mit Rührei und Speck und beißt in den Toast. Das Frühstück zu genießen, bleibt ihr verwehrt. Gedanken rasen durch ihren Kopf wie eine wilde Leopardenjagd, von der ihr Großvater ihr mit Stolz erzählt hat.

Ode legt ihr Besteck mit einem Klirren ab. „Wir können nicht bleiben." Sie wischt sich mit der Serviette über den Mund. „Bitte bringt uns zum Restaurant, damit wir unsere Sachen holen können." Jeanette nickt langsam und seufzt.

„Ellen, Ode hat Recht. Dieser Ort ist zu klein, um sich nicht über den Weg zu laufen. Du brauchst Bayanda und Thembe, um deinen Laden am Laufen zu halten. Zumindest bis du Personal anderweitig gefunden hast. Aber die Mädchen schlafen keine ruhige Minute mehr in deinem Lager. Du weißt doch wie das läuft: Sie gehen an den Strand, Pause machen, und werden dort abgefangen. Sie können sich keine Sekunde in Sicherheit wiegen, das ist doch kein Zustand." Aba legt ihre Hand auf Odes.

„Wir schaffen das, egal wo." Sie richtet ihre nächsten Worte an Ellen. „Wäre es möglich, dich als Kontaktperson zu behalten? Ich
hätte gerne, dass das Krankenhaus meine Unterlagen zu dir schickt
und vielleicht besteht auch die Möglichkeit, Odes Zeugnisse dir zukommen zu lassen." „Natürlich, das ist gar kein Problem. Ihr könnt
auch die Handys behalten und alles, was wir für euch gesammelt
haben."

„Dylan, geh und hole deinen alten Sportrucksack, den wird Aba
brauchen." Jaques springt auf.

„Ich habe auch noch eine Tasche, die kann Ode nehmen." In den
Gesichtern der Familie spiegeln sich unterschiedlichste Gefühle wider. Wut, Enttäuschung, Trauer. In Ellens Augen liest Ode Verbitterung. „Was ist nur los mit diesem Land?", flüstert sie und Ode
fasst nach ihrer Hand.

„Du hast mehr für uns getan, als ich mir jemals erträumt hätte. Du
kanntest uns nicht und hast uns trotzdem in dein Haus gelassen.
Du bist ein Weihnachtsengel. Selbst wenn du den beiden kündigen
würdest, sie wären doch immer präsent. In der Stadt würden wir
sie treffen ... Nein, es gibt keine andere Lösung." Ode reibt sich die
Augen. „Nur wo sollen wir hin?" Abas Schultern sacken herab.

„Es wird sich doch überall wiederholen. Es gibt einfach keinen
Platz für uns."

Kapitel 14

„Kapstadt, Port Elizabeth, Durban und Johannesburg fallen weg. Wie wäre es mit Bloemfontein?", überlegt Jaques und kratzt sich am Hinterkopf.

„Aber wovon sollen wir leben?" Odes Stimme kippt. Die Verzweiflung hat Besitz von ihr ergriffen. Jeanette räumt ihren Teller in die Spülmaschine.

„Ich würde Namibia befürworten, vielleicht Swakopmund?"

„Aber wir besitzen keine legalen Dokumente. Wir bekommen niemals ein Visum fürs Ausland. Warum sollte Namibia uns nehmen?"

„Die Zeit drängt, gleich öffnet mein Restaurant und ich möchte eure Sachen vorher raushaben. Jaques und Dylan, ihr kommt mit mir, die Mädchen bleiben bei Jeanette und überlegen, wo sie hinkönnen." Sie winkt den Jungen, ihr zu folgen. Die alte Frau drückt Aba und Ode. „Wir sind gleich wieder da." Die alte Frau mit den Jungen im Schlepptau verlassen durch die Küche das Haus und Ode hört wie der Motor anspringt.

„Ihr bleibt erst einmal hier, bis wir eine Lösung gefunden haben", sagt Jeanette und gießt allen noch einen Kaffee ein. Ode schnappt

sich die Tasse und wandert an der Schrankwand entlang und saugt
die Buchtitel mit ihren Augen auf.

„Vielleicht wäre ich Lehrerin geworden", murmelt sie und nippt
am Kaffee. Unruhe nagt an ihr. Sie muss wissen, was mit ihrem
Bruder ist. Sie stellt die Tasse ins Regal und läuft ins Bad. Dort
schließt sie sich ein und hockt sich auf den Toilettensitz. Sie öffnet
den Wasserhahn am Waschbecken. Das Rauschen unterdrückt ihr
Schluchzen, das sie nicht mehr zurückhalten kann. Wie konnte innerhalb weniger Tage ihr Leben nur so schieflaufen? Die Nähe von
Liebe zu Hass war viel enger beieinander, als sie es sich je erträumt
hätte. Ihr Oberkörper zuckt, als die Tränen hervorsprudeln. Alles
war verloren: ihr Zuhause, der Schulabschluss, Freunde und Familie. Was blieb war die Liebe zu Aba. Wie stark konnte diese Liebe
sein, um all die Hindernisse unbeschadet zu überwinden und heil
daraus hervor zu gehen? Was wog ihr Gefühl gegen all die Unbil-
den auf? Einmal nur, nur einmal wollte sie dieses Gefühl erleben,
bedingungslos geliebt zu werden. In ihrem Sein und unverfälsch-
ten Wesen. Doch war es das wert gewesen? Bilder tauchen in ihrem
Inneren auf, wie Aba von Steinen niedergestreckt am Boden liegt,
eine Blutlache breitet sich um ihren schlanken Körper aus. Das Gesicht liegt ohne Anzeichen auf Leben im Dreck. Übelkeit wallt in
Ode auf, sie springt von der Toilette und reißt den Deckel hoch. Sie
erbricht mit einem Schwall das Frühstück in die Schüssel. Ihre
Hände krampfen sich um die Klobrille. Ein ums andere Mal würgt
sie, bis nur noch Galle in ihr aufsteigt. Sie spuckt ein letztes Mal
aus und zieht ab. Sie hält ihren Kopf unter den Wasserstrahl und

kühlt ihr Gesicht ab. Wie durch Watte hört sie das Klopfen an der Tür und sie stellt den Hahn ab.

„Ich komme." Ihre Stimme klingt rau und sie muss sich zweimal räuspern. Sie zieht die Tür auf und blickt in die besorgten Gesichter von Jeanette und Aba. „Es ist alles ein bisschen viel", sagt Ode und lässt sich von Aba stützen, um auf das Sofa zu gelangen.

„Ich mache dir einen Tee", meint Jeanette und eine Steilfalte bildet sich auf ihrer Stirn. „Kann ich dich mit Aba alleine lassen?" Aba lacht leise. „Ich bin ausgebildete Hilfskrankenschwester, bei mir ist sie in guten Händen." Jeanette schlägt sich die Hand vor den Kopf.

„Bitte entschuldige, das ist mir entfallen." Ihr Telefon klingelt und sie geht auf dem Weg zur Küche dran. Bereits nach einer Minute hat sie aufgelegt und legt ihr Handy auf den Küchenblock.

„Ellen und meine Jungs sind auf dem Rückweg, sie sind in ein paar Minuten wieder da." Ode sinkt in die Kissen zurück und Aba legt ihre Hand auf ihre Stirn.

„Kein Fieber, das ist wahrscheinlich die Aufregung." Ode fasst nach ihrer Hand.

„Bist du nicht aufgewühlt? Oder sauer?" Aba wiegt ihren Kopf.

„Ich spüre eine tiefe Traurigkeit in mir. Aber dann sehe ich dich an und mir wird es ein bisschen leichter ums Herz. Natürlich vermisse ich meine Großeltern, ja, sogar meine Schwester. Und die Arbeit." Sie stößt hart die Luft zwischen ihren Zähnen aus.

„Bereust du unsere Gefühle? Bitte, sei ehrlich zu mir." Aba schüttelt ihren Kopf.

„Nein, überhaupt nicht. Jeder sollte lieben dürfen, egal wen." Sie legt ihre Hand an Odes Wangen und streichelt sie sanft, fast federleicht. „Was ist mit dir?" Ode erinnert sich an die Bilder von Aba am Boden, getötet von den Verfolgern.

„Nein, du hast einen Weg in mein Herz gefunden und ich habe noch nie zuvor so etwas Reines empfunden." Sie bringt ein kleines Lächeln zustande, obwohl die Übelkeit sich erneut meldet. Jeanette kommt mit zwei Tassen, aus der Stängel mit grünen Blättern ragen. Der Duft frischer Minze steigt in Odes Nase und beruhigt ihren Magen ein wenig. „Vorsicht, der ist noch heiß", sagt Jeanette und stellt jeweils einen Becher vor den Mädchen ab. Draußen schlägt eine Autotür und keine Minute später zwängen sich die Jungen vollbepackt durch die Küchentüre. Ihnen folgt Ellen, mit nur einer Tasche in der Hand, die sie vor dem Bücherregal abstellt.

„Ich muss leider sofort wieder los, ich bin sowieso zu spät dran." Der müde Gesichtszug scheint sich bei ihr eingebrannt zu haben.

„Wie wirst du mit Thembe und Bayanda umgehen?", will Jeanette wissen und sieht ihre Freundin unter gehobenen Augenbrauen an. Die alte Frau zuckt mit ihren Schultern.

„Ich weiß es noch nicht. Auf lange Sicht kann ich sie nicht weiter beschäftigen, aber für heute muss ich wahrscheinlich die Zähne zusammenbeißen."

„Sollen meine Jungs dir aushelfen?" Ellen winkt ab.

„Nein, lass ihnen den Feiertag, ich bin mir sicher, sie haben bereits andere Pläne, oder?" Die Erleichterung über die Ablehnung steht Dylan ins Gesicht geschrieben.

„Wir wollten surfen gehen und ein bisschen am Strand chillen."

„Viel Spaß dabei." Sie nickt Dylan und Jaques zu und sieht zu den Mädchen herüber.

„Trefft keine unüberlegte Entscheidung. Spätestens morgen komme ich her und dann möchte ich euch hier vorfinden, okay?" Sie wirft eine Kusshand in den Raum und eilt aus der Küche. Ode ist bereits auf dem Weg zu ihrem Rucksack und zieht ihr Handy hervor. „Kannst du mir die Nummer von der Klinik geben? Ich möchte auf der Kinderstation anrufen und mich nach Olwethu erkundigen."

„Ich kann auch anrufen, wenn du möchtest?" Aba wühlt in den
Beuteln nach ihrem Handy, welches sie gleich darauf aus der Seven-Eleven Tüte hervorzieht.

„Nein, ich muss den Anruf selber machen, ich möchte ein paar Fragen stellen zum Ablauf der Genesung und wie es danach für meinen Bruder weitergehen könnte." Sie fasst die Tasse am Henkel
und schiebt die Tür zum Garten auf. Die Terrasse ist gefliest mit
Terracotta-Steinen und bildet eine Grenze zu einem gepflegten Rasen. In der Mitte glitzert der Nierenpool im Sommerlicht und lädt
zum Schwimmen ein. Ode hockt sich an den Rand und lässt ihre
Füße ins Wasser gleiten. Auf dem Display ihres Handys erscheint
mit einem Ping eine SMS von Aba: die Telefonnummer der Medi-
Clinic und drei Herzen. Ode lächelt in sich hinein und wählt die
Nummer. Nach dreimal Klingeln meldet sich Schwester Emma in
der Leitung. Ode begrüßt die Krankenschwester und gibt sich als
Olwethus Schwester zu erkennen. Es wird still in der Leitung.

„Hallo, haben Sie mich gehört?" Sie vernimmt ein Räuspern.
„Schwester Emma?"

„Ja, Mädchen, ich habe dich gehört. Es tut mir leid. Wäre es dir
möglich, in die Klinik zu kommen?" Odes Magen hebt sich und
Schwindel ergreift von ihr Besitz.

„Nein", murmelt sie in das Mikrofon, „das geht leider nicht. Ich musste über Weihnachten nach … in den Süden", verbessert sie sich hastig. Beinahe hätte sie verraten, wo ihr Aufenthaltsort liegt.

„Gibt es jemand anderen, der auf die Station kommen kann?", insistiert Schwester Emma. Ode schüttelt den Kopf.

„Bitte sagen Sie mir, was los ist! Ist mein Bruder wieder ins Koma gefallen?" Ihr Blick wandert hinauf zum Himmel. Bitte nicht, fleht sie stumm und wartet darauf, dass die Krankenschwester ihr endlich antwortet.

„Es tut mir leid, Mädchen. Dein Bruder ist letzte Nacht verstorben, wir haben ihn nicht retten können." Die Worte sacken in Ode ein, ohne eine Empfindung auszulösen. Da ist nur Leere. Ihre Sicht verschwimmt, das Telefon entgleitet ihren Händen und fällt in den Pool. Wasser spritzt auf und das Handy sinkt langsam auf den Grund. Der Schlag ist so allumfassend, dass Odes Körper gelähmt ist. Sie kann sich nicht rühren, nichts denken und nichts fühlen. Sie sitzt am Beckenrand wie eine leere Hülle.

„Tot?", fragt sie in das Rauschen der Blätter hinein, durch die der South-Easter fährt. Die Terrassentür wird aufgeschoben und Aba stürzt an Odes Seite.

„Was ist passiert?" Sie rüttelt an Odes Schultern und dreht sie zu sich, damit sie sie ansehen kann.

„Tot", haucht Ode, ihr Blick hängt im Nichts.

„Wer ist tot? Ode! Bitte, sprich mit mir!"

„Sie steht unter Schock, wir müssen sie ins Haus bringen, bevor sie
in den Pool stürzt. Dylan? Dylan!" Jeanettes Stimme überschlägt
sich. Zwei Sekunden später rennt ihr älterer Sohn über den Rasen
und fällt neben Ode auf die Knie.

„Trag sie hinein und leg sie aufs Sofa!" Sein Haar fällt ihm ins Gesicht, als er seinen Arm unter Odes Kniekehlen legt und mit dem
anderen Arm unter ihre Achsel greift. Er hievt sie hoch, als wäre
sie eine Feder und trägt das Mädchen im Laufschritt hinein.

„Ich hole kalte Kompressen." Aba läuft in die Küche, zieht Handtücher aus dem Oberschrank und tunkt sie in das Wasser. Den Hahn
hat sie nach ganz links gedreht. Die Stoffe saugen die kalte Nässe
in sich auf. Aba wringt sie aus und eilt zum Sofa, auf dem Ode
liegt, völlig starr, ihr Blick ist an die Decke gerichtet. Aba legt ihr
ein Küchentuch auf die Stirn. Sie schiebt mehrere handbreite Kissen unter ihre Waden und zieht die Quilt-Decke über ihr zurecht.

„Sprich mit mir, bitte. Wir sind alle hier." Ode schüttelt den Kopf
wie in Zeitlupe.

„Nicht alle", bringt sie zwischen ihren Zähnen hervor, die sie feste aufeinandergepresst hat. So feste, dass ihre Kieferknochen hervortreten. Aba misst Odes Puls am Handgelenk.

„Ich denke, wir brauchen keinen Krankenwagen." Jeanette lässt sich auf den Couchtisch sinken. „Gott sein Dank. Das arme Mädchen. Was ist geschehen?" Aba zuckt mit ihren Schultern, die beben.

„Ich kann nur mutmaßen." Tränen sammeln sich in ihren Augenwinkeln. „Ode wollte in der Klinik anrufen und sich nach ihrem Bruder erkundigen. Ich denke ..." Sie schafft es nicht, die Worte über die Lippen zu bringen.

„Tot", haucht Ode und ein Zittern durchläuft ihren Körper.

„Olwethu hat es nicht geschafft?" Ode schüttelt den Kopf und das Tuch fällt von ihrer Stirn.

„Nicht geschafft, erschossen von Dealern, wie meine Brüder welche sind." Ihr Kopf sackt zur Seite, ihr starrer Blick richtet sich auf Aba. „Mein kleiner Bruder ist tot, er kommt nie wieder." Ihr Brustkorb hebt und senkt sich in einem schnellen Rhythmus und Aba legt ihr die Hand auf den Arm.

„Es tut mir so leid, dafür gibt es einfach keine Worte." Sie streichelt Odes Wange. Jeanette hat sich die Hand vor den Mund geschlagen, ihr Weinen erfüllt das Wohnzimmer. Jaques und Dylan stehen wie zu Eis erstarrt hinter ihrer Mutter. Der blinkende Tannenbaum im Hintergrund wirkt in diesem Moment fehl am Platz und Ode hätte ihn am liebsten raus in den Garten geworfen. Sie drückt sich mit ihren Ellbogen von den Kissen hoch und Aba legt ihr die Hand in den Rücken. Ode spürt die Stütze und Ruhe erfüllt sie. Wie zerfasert treiben ihre Gedanken durch ihren Kopf, keinen davon bekommt sie zu greifen. Das Loch in ihr ist so groß, dass sie sich selbst hineinstürzen könnte, um auf Nimmerwiedersehen darin zu verschwinden.

„Ich weiß einfach nicht, was ich sagen soll." Jeanette sieht sie mit Tränen-verhangenem Blick an. Ihre Bluse ist am Kragen feucht.

„Er kommt nie wieder", sagt Ode zu sich selbst und versucht das Gesagte zu begreifen. Die Worte rinnen durch ihre Finger wie Wasser. Sie richtet ihren Blick auf Aba.

„Was geschieht jetzt mit ihm? Wir haben kein Geld, ihn zu beerdigen. Ich kann mich noch nicht einmal von ihm verabschieden." Aba fährt bei den Worten zusammen. Ode verknotet ihre Finger in ihrem Schoss. „Ich wollte doch so viel für ihn. Versuchen, dass er doch noch die Schule beendet und einen Beruf ergreift, der nichts mit Kriminalität zu tun hat. Er war immer so aufmerksam. Er wäre bestimmt ein guter Sozialarbeiter geworden, dem die Leute auf der Straße vertraut hätten. Ganz bestimmt. Er hatte ein wundervolles Herz. Warum habe ich nicht besser auf ihn aufgepasst?"

Verzweiflung sprüht aus ihren dunklen Augen, als sie Aba ansieht. „Wieso habe ich nicht mehr getan? Ich hätte mit ihm reden sollen, noch öfter, als ich es sowieso schon getan habe. Nun wird mein Alptraum doch noch wahr." Sie schüttelt sich, um den Gedanken eines kleinen schmalen Körpers auf einer Bahre abzuwenden. Sie will daran in diesem Augenblick nicht denken. „Jeanette, bitte, pass einen Augenblick auf sie auf. Ich rufe im Krankenhaus an und versuche herauszufinden, was wir für Möglichkeiten haben." Sie drückt Ode einen sanften Kuss auf den Mund und geht durch den Flur hinunter in eines der Schlafzimmer.

„Jungs, ihr könnt gehen, ihr braucht nicht dableiben", wendet sich Jeanette an Dylan und Jaques. „Schnappt euch eure Boards und macht euch einen sonnigen Tag. Aber vergesst nicht, heute Abend euren Vater in Durbanville anzurufen."

„Muss das sein?", nörgelt Dylan. „Er kümmert sich doch eh nicht um uns. Sieh dir doch einmal Ode an, wie sehr sie ihren Bruder liebt ... geliebt hat", verbessert er sich schnell. „Vater könnte sich um uns genauso sorgen, aber alles, was ihn interessiert, ist die neue Frau und Mini-Miller." Bei dem letzten Wort verzieht er die Mund-winkel.

„Das Baby kann nichts dafür, Dylan. Also, ruft ihn an und wünscht ihm ein Frohes Fest." Die Jungen nicken und verschwinden in ihren Zimmern.

„Kann ich irgendetwas für dich tun, Liebes?" Jeanette fasst nach Odes Hand. „Nein, danke. Ich komme schon klar." So wie ich es immer tue, fügt sie in Gedanken an. Eine Tür klappert und Aba kommt durch den Flur zurück. Sie zieht sich einen Fußhocker heran, der mit grünem Samt bezogen ist, und legt ihre Hand auf Odes Bein.

„Ich habe mit der Klinikleitung gesprochen. Zunächst einmal muss deine Mutter ins Krankenhaus und einige Unterschriften leisten, ansonsten bekommt sie den Leichnam nicht ausgehändigt. Es gibt einen staatlichen Fond, der in solchen Fällen aufkommt. Dort könnte deine Familie Geld beantragen für ein Grab und eine einfache Bestattung. Oder, und ich glaube, das ist die bessere Alternative, deine Familie geht im Township sammeln. Ich weiß, dass das nicht unüblich ist." Sie hebt die Arme, als wüsste sie nicht weiter. Ode lässt sich das Gesagte durch den Kopf gehen.

„Ich muss meine Familie erreichen. Aber wir besitzen kein Telefon."

„Vielleicht ein Nachbar?", wirft Jeanette in den Raum.

„Das ist es, Honey hat ein Handy, aber ich kenne ihre Nummer nicht. Ah, das ist alles so frustrierend." Ode legt ihren Kopf auf ihre Knie. „Weißt du, wo Honey arbeitet?" Ode sieht auf.

„Ja, bei Checkers in Sandton."

„Dann rufen wir dort mal an." Jeanette springt auf und sucht nach
ihrem Telefon.

„Auf dem Küchenblock!", sagt Ode und Tränen steigen in ihr auf.
Emmas Worte hallen in ihr nach und von Sekunde zu Sekunde
wird ihr deutlicher, was die Krankenschwester ihr mitgeteilt hat.

„Ich sehe ihn nie wieder." Sie lässt sich in Abas Arme sinken und
weint, bis ihre Augen rot und geschwollen sind. Aba wiegt sie in
ihren Armen und flüstert ihr Worte ins Ohr, die nur für sie beide
bestimmt sind. Jeanette telefoniert im Hintergrund. Türen knallen
und Jaques und Dylan haben das Haus verlassen. Ode lehnt ihren
Kopf an Abas Hals. Eine Müdigkeit hat von ihr Besitz ergriffen, die
so tief reicht, dass sie auf der Stelle einschlafen könnte. Sie zwingt
sich, die Lider offen zu halten.

„Ich habe Honey erreicht. Sie hatte ein paar Minuten Zeit für mich,
im Shopping-Center ist heute die Hölle los, hat sie mir erzählt. Die
arme Frau war völlig am Ende, als ich ihr erklärt habe, was passiert
ist. Sie nimmt das Sammeln der Gelder für eine Beerdigung in die
Hand." Odes Augenbrauen schießen in die Höhe.

„Wirklich?"

„Ja, heute Abend, direkt nach der Arbeit möchte sie alle Bekannten,
Verwandten und Freunde besuchen und um eine Spende bitten.
Außerdem wird sie versuchen, Mandla und deine Mutter dazu zu

242

bewegen, ins Krankenhaus zu gehen, und die erforderlichen Unterschriften zu leisten. Wenn es sein muss, wird sie sich krankmelden und deine Mutter auf dem schweren Weg begleiten." Ode ist erfüllt von Dankbarkeit. Sie fährt mit ihrer Zunge über ihre spröden Lippen und Aba reicht ihr den inzwischen kalten Pfefferminztee. Ode nimmt ein paar kleine vorsichtige Schlucke, aus Angst, dass sie erneut erbrechen muss.

„Komm, ich helfe dir, dich frisch zu machen." Aba zieht Ode auf die Füße, deren Knie weich wie Pudding sind.

„Ich hole ein paar Handtücher", sagt Jeanette und ist schon davongeeilt. Ode hakt sich bei Aba unter und lässt sich von ihr zum Bad führen. Jeanette kommt mit einem Stapel Tücher geeilt und legt sie auf die Ablage über dem Waschbecken.

„Lasst euch Zeit, ich schaue derweil, was ich uns zu Mittag zaubere." Sie zieht die Türe hinter sich ins Schloss. Aba zieht Ode sanft die Short herunter und das T-Shirt über den Kopf. Sie öffnet den BH der Freundin und hilft ihr, aus dem Slip zu steigen. Aba greift an Ode vorbei und dreht die Dusche warm auf. Sie hilft Ode beim Einstieg in die Duschtasse und zieht sich einen Waschlappen über die Hand. Sie rubbelt die Seife solange über die Baumwolle, bis es ordentlich schäumt.

„Dreh dich rum", dirigiert sie Ode, die sich den Fliesen zuwendet und dort mit ihren Händen abstützt, um nicht in sich zusammen zu sacken. Aba summt ein Lied, Ode kann es nicht identifizieren. Vielleicht dient es auch der Beruhigung, denkt sie und schließt die Augen. Der Waschlappen gleitet sanft über ihre Schultern, die Wirbelsäule hinab und ihre Taille wieder hinauf. Ode lässt die zarten Berührungen über sich ergehen. Sie ergibt sich völlig in Abas Hände, die sie voller Zartheit waschen. Abas Ruhe überträgt sich auf Ode.

„Jetzt vorne", weist Aba sie leise an und Ode dreht ihren Körper Aba zu. Sie legt ihre Hände auf die Schultern der Freundin und lässt mit einem wohligen Schauer die Waschung ihrer Brüste über sich ergehen. Sie spürt das Zögern mehr, als dass sie es sieht und fasst nach Abas Hand. Sie leitet sie weiter nach unten bis zu dem Punkt, der bereits angeschwollen ist. Der Orgasmus überrollt sie bereits bei der ersten Berührung. Ode lehnt sich vor und presst ihre Lippen auf Abas. Ihre Lust ergießt sich in Abas Hand, befreit sie für einen Augenblick von all dem Schmerz, der sie niedergeknüppelt hat. Beinahe fällt sie aus der Dusche, als sie Aba an sich zieht. Die Nachbeben erschüttern ihren Körper von den Zehen bis zum Haaransatz. Sie taumeln gegen das Waschbecken und Aba entfährt ein kleines Lachen, dass ihre Grübchen hervortreten lässt.

„Du musst auch noch duschen", kommt es Ode warm über die Lippen und sie zieht Aba das Kleid über den Kopf. Hitze breitet sich zwischen ihnen aus und flutet Odes Körper mit leiser Kraft. Für einige Augenblicke kann sie alle anderen Gedanken verdrängen. In der ersten Sekunde fühlen sich die Berührungen falsch an, fehl am

Platz. Ode schüttelt den Kopf. Alles, was sie jetzt will, ist Aba spüren. Das Chicken-Massala dampft auf dem Tisch und Jeanette platziert eine Schüssel mit Reis zwischen ihnen. Sie hat den Tisch neben dem Tannenbaum eingedeckt. Mintgrüne Servietten mit goldenen Sternen stehen gefaltet auf den Tellern, die ein Dekor von Schneemännern zieren. Kitschig und gleichzeitig liebevoll, betitelt Ode den Schmück-Versuch innerlich und zieht sich einen Stuhl heran. Im Reis entdeckt sie geröstete Mandeln und Rosinen. Das Essen duftet würzig und sogleich meldet sich Odes Magen zu Wort.

„Greift zu, ihr habt sicherlich Hunger." Ode fasst nach dem Servierlöffel und schaufelt sich einen kleinen Berg Reis auf den Teller und gießt darüber das Chicken-Massala.

„Während ihr in der Dusche wart, bin ich kurz ins Einkaufszentrum gefahren. Ich dachte, ich mache euch etwas zu essen, dass ihr von zu Hause kennt." Sie läuft rosig an. „Ich hoffe, ich habe das hinbekommen mit den Zutaten."

„Danke, Jeanette, das war nicht nötig", sagt Aba und Ode sieht, wie ihr das Wasser im Mund zusammenläuft.

„Doch, das war es. Ein Weihnachtsessen zu kochen ist das mindeste, was ich für euch tun kann." Ode legt ihre Hand auf Jeanettes.

„Das stimmt doch gar nicht. Du tust doch schon so viel für uns, das Obdach, die Kleidung, das wundervolle Essen, der Schutz; ich glaube die Liste geht ins Endlose. Ich weiß nicht, wie wir das wieder gut machen können." Sie nimmt eine Gabel von dem Hühnchen und der Geschmack explodiert in ihrem Mund. Die Schärfe ist genau richtig und das Hähnchen so weich, dass es in ihrem Mund zerfällt.

„Und dann kochst du auch noch so fantastisch." Jeanettes Wangen verfärben sich noch ein bisschen mehr bei dem Lob. Aba stochert nur in dem Reis, ohne die Gabel zum Mund zu führen.

„Solange ich nicht weiß, wie es weiter geht, kann ich das Essen nicht genießen, es tut mir leid."

„Nein, schon gut, dass verstehe ich", sagt Jeanette und legt ihre Stirn in Falten. „Ich bleibe dabei, ich glaube, Swakopmund wäre der beste Ort für Euch zum Leben. Ich könnte euch an die Grenze fahren, und bei Nacht schleicht ihr rüber." Ode muss husten.

„Und wenn man auf uns schießt?"

„Was ist mit Maputo? Im Norden gibt es eine grüne Grenze zwischen Südafrika und Mozambique. Wir könnten durch den Krüger Nationalpark und hinter Phalaborwa über den Fluss das Land verlassen. Die Wahrscheinlichkeit erschossen zu werden ist gering und die Slums von Maputo sind voller Illegaler, da fallen wir nicht auf."

„Das hört sich besser an, entschuldige Jeanette, aber ich glaube, Abas Plan gefällt mir besser. Leider hat er gleich mehrere Haken. Wir sind ganz im Süden und müssen nach oben in den Norden. Außerdem haben wir kein Geld dafür. Wir könnten uns mit Gelegenheitsjobs über Wasser halten, aber dann dauert es Monate, bis wir Phalaborwa überhaupt erreichen." Ode legt den Kopf in den Nacken. „Dann geht unser Weg also in den Norden?"

„Das sind zweitausend Kilometer, mindestens", sagt Jeanette und in ihrer Stimme klingt Bestürzung mit. Ode sieht vom Tisch zu den Tüten hinüber.

„Wenn wir die Rucksäcke ordentlich packen, bekommen wir alles hinein. Mir tun jetzt schon die Füße weh, wenn ich nur an den langen Marsch denke." Sie pickt in ein Stückchen vom Huhn und kaut darauf herum, während ihre Gedanken ein Eigenleben entwickeln. Die Strecke war unmöglich zu bewältigen. Selbst dann nicht, wenn ihr Marschgepäck nur aus wenigen Kilos bestand.

„Und wenn ihr in einen Nachbarort geht, zwei oder drei Dörfer weiter", versucht Jeanette die Mädchen zu überzeugen.

„Du hast bestimmt Recht, das könnte für ein paar Wochen oder Monate funktionieren. Aber unsere Anwesenheit wird sich

rumsprechen. Bayanda wird Turniere spielen. Es ist nur eine Frage
der Zeit, bis wir gefunden werden, da verwette ich mein Tagebuch
drauf." Jeanette seufzt.

„Einen Versuch war es wert. Aber ich verstehe euch. Bitte bleibt bis
morgen, wenn ihr fort geht, ohne Ellen auf Wiedersehen zu sagen,
das würde ihr das Herz brechen. Sie ... schon gut, versprecht mir
einfach, dass ihr noch eine Nacht bleibt." Aba nickt und Ode
stimmt zu. Ihre Beine brauchen dringend Erholung, ebenso ihr
Geist.

„Könntest du Aba bitte die Nummer von Honey geben, die würde
ich gerne haben, um auf dem Laufenden zu bleiben, was die ... die
Beerdigung angeht." Sie schluckt hart gegen den Kloß im Hals an.
„Hat sie nach mir gefragt?", fügt sie an. Jeanette wischt sich mit der
Serviette über den Mund.

„Ja, ich habe ihr ein bisschen erzählen müssen. Sie hatte bereits Ge-
rüchte gehört und da dachte ich mir, es wäre besser euren Stand-
punkt klar zu machen. Sie hat sich nicht weiter zu Aba und dir ge-
äußert, aber sie hat mir vermittelt, dass du ihr nicht gleichgültig
bist und sie große Stücke auf dich hält. Ich hoffe, das war in Ordnung so. Sie weiß nicht wo ihr seid und wegen der Rufnummerun-
terdrückung kann sie nicht nachvollziehen, woher ich angerufen
habe." Aba nickt zustimmend.

„Danke, Jeanette, Honey ist eine wunderbare Frau. Meine Mutter ist schwer alkoholabhängig. Die einzige Freundin, die sich in all der Zeit nicht abgewendet hat, ist sie. Sie hat unsere Familie unterstützt, als unser Vater die Familie verließ. Durch sie habe ich die Arbeit bei Alice gefunden. Das ist nicht selbstverständlich. Es ist auch nicht selbstverständlich, was sie nun tut. Das Sammeln des Geldes, das ist so ..." Ode bleiben die Worte in der Kehle stecken. „Ich brauche einen Moment, ja?" Sie schiebt den Stuhl zurück und verlässt das Wohnzimmer durch die geöffnete Terrassentüre. Draußen hockt sie sich an den Pool und betrachtet das Handy, dass am Grund schwimmt. Genau für eine Zeit von vierundzwanzig Stunden hat sie ein Telefon besessen. „Was soll's", murmelt sie vor sich hin. „Ist nicht wichtig."

„Du wirst dich aber jetzt nicht in das Wasser stürzen?", fragt Aba halb im Ernst, halb im Scherz. „Darf ich bleiben?" Ode schüttelt den Kopf, dann nickt sie. Sie klopft mit der Hand auf den Stein neben sich. „Setz dich. Hast du schon Honeys Nummer eingespeichert?"

„Ja, diese und auch die Nummern von Ellen, Jeanette und den Jungs." Sie plantscht mit ihren Füßen im Wasser.

Kapitel 15

Ode plagen Alpträume in der Nacht und gegen 02.30 Uhr entscheidet sie sich, das Haus zu verlassen und hockt sich mit ihrem Tagebuch auf die Stufen davor. Sie zückt ihren Bleistift und blättert auf die letzte Seite, auf der sie geschrieben hat. „Puh, da fehlt aber ein bisschen." Ihr letzter Eintrag stammt von dem Moment, als Jeanette und die Jungs die Tüten vorbeigebracht haben. Ihr Stift fliegt über die Seiten, die nur erhellt werden vom Vollmond und der Laterne, die den Weg zur Haustüre beleuchtet.

„Ich wusste, dass ich dich irgendwann erwische, Fotze." Ode schrickt hoch und springt von den Stufen auf. „Bleib stehen!" Sie drückt ihr Notizbuch an die Brust und steigt rückwärts die Stufen hoch. Neben ihr raschelt es im Gebüsch und Thembe tritt daraus hervor. Er klopft sich die Blätter von den Schultern, ohne den Blick von Ode zu nehmen. „Ellen glaubt immer noch, wir seien im Grunde wunderbare junge Männer. Sie glaubt, dass aus uns der Alkohol gesprochen hat. Aber weißt du was, es hat mich richtig angepisst. Erst machst du mir schöne Augen am Grill, dann kommt deine Freundin und lehnt sich mit ihren vollen Brüsten an mich. Dann macht sie mich heiß und als nächstes scheuert sie mir eine? Wer glaubt ihr, dass ihr seid, so mit uns umspringen zu können?" Ode will sich ins Innere des Hauses zurückziehen, doch Thembe schneidet ihr mit zwei großen Schritten den Weg ab. Die Tür fällt nach einem kurzen Ruck ins Schloss.

„Hilfe! Aba, Jeanette, ich brauche Hilfe!" Ode schreit. Thembe legt seine Hand über ihren Mund und zerrt sie an sich heran.

„Halt den Mund! Jetzt sind wir an der Reihe." Er zerrt sie fort von der Laterne in Richtung Straße. Das Tagebuch fällt achtlos zu Boden. Ode kratzt nach Thembe, ihre Fingernägel krallen sich in seine Haut. Sie versucht, ihm in die Hand zu beißen. Bayanda schlägt ihr in die Rippen und ihr entweicht alle Luft aus der Lunge. Das Mädchen krümmt sich zusammen, ihren Lippen entweicht ein Wimmern. Die beiden Jungmänner zerren das Mädchen, dass sich mit Händen und Füßen wehrt, die Straße hinunter, hinein in die Dunkelheit. Ode tritt um sich und trifft Thembes Knie. Der Mann grunzt, lässt das Mädchen aber keinen Deut los. Er zerrt sie in Richtung Strand, durch das hohe Gras an den Saum des Meeres. Bayanda greift sich Odes Hände und hält diese über ihrem Kopf fest. Thembe zieht sich die Hose runter und Ode erkennt jedes Detail. Sie schreit, bis ihre Lungen brennen. Sie will fort von hier, weh von diesem Strand und den Brüdern. In den Township sind Vergewaltigungen an der Tagesordnung, doch nie hätte Ode gedacht, dass sie eines Tages Opfer wird. Thembe reißt Ode die Shorts vom Leib und schiebt ihren Slip beiseite. Mit einem Hieb des Ellenbogens bringt er sie zu Fall. Seine Finger gleiten mit brutaler Gewalt in sie hinein, während er breitbeinig auf ihr hockt. Er fährt vor und zurück und Ode windet sich mit aller Macht unter seinem Gewicht.

„Die ist noch Jungfrau, das ist ein Jackpot, Bruder. Die ist so eng,
das wird ein Fest!" Ode windet sich unter Thembes Fingern und
der Mann lacht.

„Die wird noch gefügig, warte es nur ab."

„Jetzt mach schon, ich will auch mal ran." Bayanda nestelt bereits
an seiner Hose, er hat die gleiche Position wie sein Bruder eingenommen und so Odes Arme fixiert. Thembe packt sich an seinen
erigierten Schwanz und will ihn in Ode einführen, muss dafür aber
mit einem Bein von ihr herunter. Ode nutzt den Augenblick, zieht
ihr Knie hoch und rammt es dem Mann in den Unterleib. Der
stürzt in sich zusammen und bleibt stöhnend im Sand legen. Ehe
Bayanda sich versehen kann, hat sie sich herumgewälzt und dem
knienden Mann ihren Kopf in den Unterbauch gerammt. Seinen
Schwanz hat sie verfehlt. Sie springt auf und rennt halb nackt Richtung Ortschaft. Kaum ist sie über die Düne sprintet sie hinunter
und schlägt sich in die Büsche, um den Weg zu Jeanettes Haus ab-
zukürzen. Als sie die Auffahrt erreicht, schreit sie sich die Seele aus
dem Leib.

„Helft mir, bitte, ihr müsst mir helfen." Die Stimmen der beiden
Männer kommen näher, die Wut eilt ihnen voraus. Kurz bevor sie
die Auffahrt erreichen, wird die Haustür aufgerissen und Ode ins
Innere gezerrt. Dort bleibt sie auf dem Holzfußboden liegen. Ihr
Unterleib schmerzt von der Manipulation durch Thembes Finger.
Ihre Schamlippen sind wund und Blut rinnt ihre Beine herab.

Jemand zieht sie auf die Beine, doch die Welt dreht sich und sie sackt ohnmächtig in sich zusammen. Ode wacht in einem Raum auf, den sie nicht sofort zuordnen kann. Sie hebt den Kopf, um sich umzuschauen. Sie liegt in einem Bett, bis zum Kinn zugedeckt. Die Wände sin in einem hellen Blau gehalten, Fotografien von der See und endlos langen Stränden hängen ringsum verteilt.

„Wo bin ich?" Aba hebt ihren Kopf, der bis eben auf der Bettdecke platziert war, und sieht sie aus verquollenen Augen an. Ihre Hände verknoten sich und Aba hält Ode so fest, dass sie Angst hat, ihre Hand könnte zerquetscht werden.

„Du bist im Krankenhaus von Ytzerfontain. Der Krankenwagen hat dich hergebracht. Du bist die ganze Zeit nicht aufgewacht." Ode sieht, dass Aba ihre Emotionen nur schwer unterdrücken kann.

„Ich habe Schmerzen", murmelt Ode und mit einem Schlag sind die Erinnerungen an die vergangene Nacht wieder da. Sie entzieht ihre Hand Abas und vergräbt ihr Gesicht in der Decke, die sie sich bis zum Haaransatz zieht.

„Nicht", sagt Aba sanft, aber ihre Stimme zittert. „Es war nicht deine Schuld, du musst dich nicht schämen. Bitte, sieh mich an." Stück für Stück lässt Ode das Laken sinken. Chaos herrscht in ihrem Inneren. Es klopft an der Tür und Ode schrickt zusammen, ein Wimmern entfährt ihr.

„Du bist im Krankenhaus sicher, niemand tut dir hier etwas."
Durch die Tür kommt eine Frau, hochgewachsen, bestimmt an die
1,85 Meter, mit streng zurückgekämmtem Haar. Doch ihre Augen
sind von Lachfältchen umrahmt und ihr Lächeln ist echt, als sie ans
Bett tritt.

„Guten Morgen, mein Name ist Smith, ich bin die diensthabende
Ärztin. Wie fühlen Sie sich, Frau Mabuza?" Ode senkt den Blick auf
die Decke. „Ich habe Schmerzen." Mehr will ihr nicht über die Lippen kommen. Die Ärztin nickt.

„Ich erhöhe die Zufuhr zu Ihrem Tropf ein wenig." Sie dreht an einem Rädchen eines Schlauches, der zu Ode linkem Arm führt.

„Das wird ihnen in etwa zwanzig Minuten Linderung verschaffen."
Sie zieht einen Stuhl ans Krankenbett.

„Sie wurden eingeliefert mit Anzeichen einer Vergewaltigung.
Spuren von Sperma konnten wir nicht entdecken, jedoch großflä-
chige Schürfwunden und Prellungen am gesamten Körper und in
Ihrer Vagina haben Sie schwerwiegende Läsionen erlitten, die nicht
aufgehört haben zu bluten." Sie deutet auf den Tropf. „Darin ist
nicht nur ein Schmerzmittel, sondern auch ein Antibiotikum, um
eventuellen Entzündungen vorzubeugen." Ihre Stirn ist umwölkt,
als sie fortfährt. „Einen Aidstest können wir erst in ein paar Wochen machen. Wurden Sie penetriert?" Ode schüttelt den Kopf.

„Er hat erst seine Finger benutzt, um mich zu weiten ..." Ode ballt die Faust und beißt in ihre Knöchel.

„Dann brauchen wir uns um eine Schwangerschaft keine Gedanken machen, das ist gut. Sie sollten Anzeige erstatten." Ode schüttelt heftig den Kopf. Alles, was sie im Augenblick will, ist weit fort von allem. „Doch, Ode", mischt sich Aba ein. „Thembe und Bayanda wurden von der SAPS am Ende der Straße aufgegriffen, sie hatten deutliche Spuren eines Kampfes am Körper. Wenn du aussagst, kommen sie ins Gefängnis, und so schnell nicht wieder frei."

„Ich will nur weg, Maputo hört sich für mich jetzt noch viel besser an." Ihr Kopf sackt zurück in die Kissen, das Schmerzmittel flutet an, Wärme breitet sich in ihrem Körper aus. „Warum soll es mir besser gehen, als all den anderen schwarzen Frauen, die vergewaltigt werden? Ich bin nur eine von vielen." Ihre Lider fallen unter Tränen zu und sie fällt in einen traumlosen Schlaf.

Geschirrgeklapper weckt sie ein weiteres Mal an diesem Tag. Neben ihr steht ein Tablett mit Mittagessen. Aba ist nicht mehr an ihrer Seite. Dafür hockt dort nun Ellen, die sie aus tiefliegenden Augen ansieht.

„Es tut mir so leid, was passiert ist. Es ist meine Schuld!"

„Nein, ist es nicht", versucht Ode sie zu beruhigen.

„Doch, Kind, das ist es." Ellen steht auf und schaut aus dem Fenster in den dahinter liegenden Garten. „Ich war eigennützig, als ich die beiden habe kommen lasse, nur um den zweiten Feiertag gut über die Runden zu bringen. Das habe ich jetzt von meinem Egoismus. Du bist verletzt worden von Männern, denen ich seit Jahren vertraue." Ellen steht mit dem Rücken zu Ode.

„Hör auf, Ellen, du hast soviel für uns getan, sprich nicht von Egoismus. Du musst auch von etwas leben." Ellen schüttelt ihren Kopf, ihr weißes Haar fliegt ihr um den Kopf.

„Nein, ich habe immer gedacht, ich hätte Werte, für die ich stehe. Ich habe sie mit Füßen getreten, ich schäme mich zu Tode." Ein stechender Schmerz fährt Ode durch den Unterleib, ihr Körper bäumt sich auf und Ellen dreht sich mit einem Ruck zu ihr.

„Kann ich etwas für dich tun?"

„Ich habe Schmerzen, aber das wird schon wieder", presst Ode zwischen den Zähnen hindurch. Ellens Gesicht erhellt sich. „Wenn Bayanda und Thembe ins Gefängnis wandern, könnt ihr bei mir bleiben. Ich baue euch das Lager zu einem richtigen Hinterzimmer aus, dort könnt ihr wohnen und ihr hättet Arbeit."

„Nein, Ellen, ich kann hier nicht bleiben. Wenn Aba das möchte, werde ich sie nicht aufhalten, sie hat Stabilität und Sicherheit verdient. Aber ich ... ich muss weiterziehen. Dieser Ort ist für mich ...

verdreckt, Schmutz. Ich kann es hier keinen Tag länger aushalten als nötig." Es klopft an der Tür und Aba kommt mit zwei Tassen Kaffee in der Hand und einem entschuldigenden Blick herein. Ihr folgen zwei Polizisten in Uniform. Die Männer stellen sich Ode vor, im gleichen Augenblick hat sie ihre Namen bereits vergessen. Ihr Herz rast, es rauscht in ihren Ohren. Die ersten Fragen versteht sie nicht, sie hebt abwehrend die Hände. Aba hockt sich neben sie aufs Bett.

„Ganz ruhig, Schatz. Fang einfach von vorne an. Wann bist du aus dem Haus?" Ode atmet tief durch. Einmal, zweimal, dann beginnt sie zu erzählen. Zwischen ihren hastig hervorgebrachten Sätzen, nippt sie am Kaffee. Mehrmals muss sie ansetzen, als es zu dem Moment am Strand kommt. Mühsam presst sie die Worte heraus, ein trockenes Schluchzen entringt sich ihrer Kehle. Der ältere Polizist schreibt mit, während der andere die Fragen stellt. Nach zehn Minuten, die sich für Ode wie eine Stunde angefühlt haben, verabschieden sich die Herren von der SAPS. Völlig erschöpft fällt Ode in die Kissen zurück. Sie fühlt sich, als wäre sie ein weiteres Mal vergewaltigt worden. Mit jedem Wort hat sie alles erneut durchlebt, war wieder am Strand, zwischen den Beinen von Thembe. Sie spuckt den letzten Schluck Kaffee zurück in die Tasse. Mit zittrigen Fingern stellt sie sie ab und schaut zu Ellen und Aba. Erschütterung steht ihnen in die Gesichter geschrieben, Aba ist bleich und ihr Lid zuckt.

„Das sind Monster!" Sie lässt sich auf die Bettkante fallen und vergräbt ihren Kopf in Odes Schoss. Die streichelt ihrer Freundin übers Haar und schaut zu Ellen, die Abas Rücken streichelt.

„Und diese Männer habe ich bei mir über Jahre beschäftigt." Die Falten in ihrem Gesicht sind tiefer als zuvor. Sie ist innerhalb weniger Stunden um Jahre gealtert. „Du hast Recht, Ode. Hier ist kein guter Ort für euch. Ich habe euch nur Unglück gebracht. Hier gibt es nichts für euch. Es tut mir leid." Sie fährt sich durch ihr wirres Haar. „Ich komme mich noch von euch verabschieden, bevor ihr geht. Ich bezahle euch den Bus. Das ist das Geringste, was ich tun kann. Ich lasse euch jetzt alleine, ihr braucht Zeit für euch." Sie winkt und ist so schnell aus dem Krankenzimmer, das Ode das Gefühl ereilt, sie hat es nicht abwarten können, fort zu kommen. Sie hat Verständnis für die Frau. Die Schuld, die sie sich einbildet zu haben, kann ihr niemand nehmen, außer sie sich selbst.

„Hast du Hunger?", will Aba wissen.

„Nein, gar nicht, bleib einfach bei mir und halte mich, mehr brauche ich im Moment nicht." Aba lässt ihren Kopf zurück auf die Decke fallen und schließt die Augen. Schon bald ist sie in einen unruhigen Schlaf gefallen. Ode streichelt ihr sanft übers Haar. Was mussten sie noch alles überstehen, bis sie in Frieden leben konnten?

Kapitel 16

Am nächsten Morgen quälen Ode Schmerzen, stärker als am Vortag, stärker, als sie glaubt, ertragen zu können. Sie wälzt sich in ihrem Krankenbett hin und her, wie ein weidwundes Tier. Schweiß läuft ihr in Strömen über die Stirn in den Nacken, ihr Krankenhaushemd klebt an ihrem Körper, ihre Sicht ist verschwommen. Ihre Finger zucken zur Klingel, finden sie nicht zwischen den Laken und Tränen der Verzweiflung rollen ihr über die Wange. Ihr Unterleib pulsiert heiß und ein immenser Druckschmerz zieht an ihren Eingeweiden. Ihr leises Wimmern tränkt das Zimmer. Sie kann nur ahnen, dass viel Zeit vergangen ist, als eine Krankenschwester das Zimmer betritt. Ihr Gesichtsausdruck verändert sich in Sekundenschnelle von freundlich zu besorgt, als sie Odes Zustand erkennt.

„Ihnen müsste es doch viel besser gehen!" Mit zwei Schritten ist sie an Odes Bett und schiebt ihr ein Fieberthermometer ins Ohr. Es piept hektisch und die Krankenschwester runzelt die Stirn.

„In der Nacht war Ihre Temperatur viel niedriger, jetzt haben Sie hohes Fieber. Haben Sie Beschwerden?" Ode kann nur Nicken. Ihre Hand fährt zu ihrem Unterleib und bleibt dort schwer liegen. Die Worte wollen ihre Lippen nicht verlassen, ihre Gedanken wirbeln durcheinander, ihr Kopf ist von einem dichten Nebel umfangen.

„Ich hole den Arzt und Fiebersenker. Ich bin in zwei Minuten wieder bei Ihnen."

„Wo ist ..." Ode versucht, den Gedanken zu fassen zu bekommen. Jemand sollte hier bei ihre sein. Wer? Im Nebel sieht sie ein Gesicht, verschwommen, in weiter Ferne. Die Tür fällt hinter der Schwester ins Schloss und Ode versinkt im Delirium. Stimmen dringen zu ihr durch, manchmal ganz nah, manchmal weit entfernt. Es ruckelt und ihr Bett scheint zu schweben. Ode erfasst Übelkeit und Galle, die sie kaum zurückhalten kann, steigt ihr auf. Als nächstes umhüllt sie waberndes Grau, Druck legt sich auf ihre Ohren und ihre Lunge.

„Wir müssen ihren Kreislauf stabilisieren, sofort!" Gesichter fliegen an ihr vorüber, Menschen, die sich nicht kennt in grünen Kitteln, dahinter Aba, ihr steht das Grauen ins Gesicht gemeißelt. Ode will ihr Zuversicht zusprechen. Ihrer Freundin versprechen, dass alles wieder gut wird. In ihrem Inneren formt sie deutlich die Worte, nur über ihre Lippen wollen sie nicht treten. „Aba, ich liebe dich!", denkt sie und sehnt die tröstende Hand ihrer Freundin herbei. Das Feuer in ihrem Unterbauch lodert und ein Schrei bahnt sich seinen Weg nach draußen, verebbt aber im gleichen Augenblick, denn eine warme Flüssigkeit rinnt durch ihre Venen und zieht sie in ungekannte Tiefen. Plastik legt sich auf Odes Gesicht, droht sie zu ersticken.

„Sie werden jetzt schlafen, wenn Sie aufwachen, haben Sie die Operation überstanden!" Ode will ihre Hände heben zur Abwehr, doch sie liegen schwer wie Blei neben ihr auf dem Laken. Eine Träne presst sich aus ihrem Augenwinkel. Kein Schrei, kein Wort verlässt mehr ihre Lippen, als Dunkelheit sie übermannt und ihre Lider zufallen.

Epilog

Aba lässt ihren Blick schweifen. Vor ihr erstreckt sich ein Meer von Häusern und Blechlawinen zwängen sich durch die Straßen. Von der fünften Etage der Universitätsklinik Düsseldorf ist die Aussicht eine andere als in ihrer Heimat und ähnelt sich doch in vielen Elementen. Der Ozean fehlt ihr. Und Ode. Bei dem Gedanken an das Mädchen, das vor Lebensfreude sprühte, verengt sich ihre Brust und sie muss tief durchatmen.

„Herzlichen Glückwunsch!" Aba dreht sich um. Im Krankenhausflur steht Helen mit einem warmen Lächeln, das ihre vollen Lippen umspielt. Zwischen ihren schlanken Fingern lässt sie einen Umschlag tanzen. „Mach schon auf!" Ihr Strahlen überträgt sich auf Aba und sie streckt die Hand aus. Ihre Finger beben, als sie die Lasche aufreißt und das Dokument herauszieht. Tränen sammeln sich in ihren Augenwinkeln und sie schnieft leise. „Du hast es dir verdient!" Helen ist neben sie getreten und legt ihren Arm um Abas Hüfte. „Du hast so hart dafür gekämpft, endlich ist dein Traum Wirklichkeit geworden." Patienten laufen an den beiden Frauen vorbei, doch Aba hat nur Augen für das Papier. Nun hat sie es schwarz auf weiß. Ihre Approbation. Sie fällt Helen um den Hals und schluchzt haltlos. Tot, Leid und Elend haben ihren Pfad bis hierher gepflastert. Flucht, Wut und Hass waren ihr ständiger Begleiter. Mit dieser Urkunde in den Händen hat Aba das Gefühl, sich von all dem befreien und neu anfangen zu können. Es ist ein Geschenk. Ein Geschenk mit einer bitteren Vergangenheit.

„Ich habe noch etwas für dich", sagt Helen, schiebt Aba ein Stück
von sich und zieht hinter ihrem Rücken ein Päckchen hervor.
Helens Kehlkopf hüpft, ihre Miene ist bewegt, als sie Aba das Geschenk überreicht. „Ich danke dir für dein Vertrauen. Es bedeutet
mir viel, dass du mir das Tagebuch von Ode zu lesen gegeben hast.
Wenn ich nicht wüsste, dass euch all diese schrecklichen Dinge
passiert sind, ich hätte die Notizen in das Land der Phantasie ver-
schoben. Nun, lange Rede, pack es bitte aus." Ein weiteres Mal an
diesem Vormittag öffnet Aba mit zittrigen Fingern Tesafilm und
lugt in das Päckchen.

„Ein Buch?" Sie zieht den Einband heraus, auf dem Cover abgebil-
det, ist ein Foto mit einem Mädchen, das aufs Meer hinausblickt.
Aba schlägt die erste Seite auf und liest: *Tagebuch von Ode
Mabuza.* Aba schaut auf. „Du hast es drucken lassen?" Sie schüttelt
ihren Kopf, erfüllt von Unglauben. „Dafür musstest du all die Seiten abtippen und formatieren, wann hast du das gemacht?"

„Wenn du nach dem Lernen halbtot in die Kissen gefallen bist,
habe ich mich an den Schreibtisch gesetzt und so leise wie möglich
in die Tasten gehauen." Helen schenkt Aba ein schiefes Grinsen.

„Ich weiß nicht was ich sagen soll, dass ist ... wundervoll!" Abas
Lippen beben, Tränen rollen über ihre Wangen. Sie drückt das Geschenk fest an ihre Brust.

„So bleibt Ode immer in deiner Erinnerung", sagt Helen und zieht Aba an sich. „Ich liebe dich!", haucht sie an Abas Ohr.

„Ich liebe dich auch", erwidert Aba und ein Lächeln tritt auf ihre Lippen. Ode ist ihre Vergangenheit, unvergessen und ihr Herz ist voller Liebe, wenn sie an das Mädchen aus Soweto denkt. „Ode, ich weiß, dass du es gutheißen würdest, dass ich mit Helen zusammen bin", denkt sie und ihr Blick fällt auf die Wolkendecke über Düsseldorf, aus der sich ein einzelner Strahl stiehlt und Abas Herz trifft.

„Danke", flüstere sie und verschränkt ihre Finger mit Helens. „Lass uns feiern gehen! Und zwar die Approbation, das Leben und die Liebe!"

Personenverzeichnis

Ode: 17-jährige Hauptprotagonistin

Nomandia: Mutter, 32 Jahre alt

Aba: 18 Jahre, Hilfsschwester

Alice: Chefin im Fisch-Restaurant

Coco: Koch im Fisch-Restaurant

Honey: Nachbarin

Solomon: Barkeeper im Fisch-Restaurant

Miss Heeren: Buchhändlerin

Thomas: Freund von Mandla

Mandla: 16 Jahre, Bruder

Philani: 14 Jahre, Bruder

Olwethu: 12 Jahre, Bruder

Nothando: 11 Jahre, Schwester

Kuale: Klassenkameradin

Miss Sisipho: Lehrerin

Doktor Zindela: Kinderarzt

Schwester Amy

Schwester Emma

Sipho: Klassenkamerad

Jabulani: Klassenkamerad

Amandla: Klassenkameradin

Lindiwe: Verkäuferin im Township

Mbale: Dirigentin

Constance: Empfangsdame in der Klinik

Ellen: Besitzerin des Grill and Chill in Ytzerfontain

Jeanette Miller: Freundin von Ellen

Dylan Miller: Jeanettes Sohn, 15 Jahre

Jaques Miller: Jeanettes Sohn, 13 Jahre

Morris: Freund von Ellen

Thembe: Aushilfen Grill & Chill

Bayanda: Bruder von Thembe

Mrs. Smith, Ärztin in Ytzerfontain

Nachwort

Warum kein Happy End für Aba und Ode? Ich kann die Frage gut verstehen. Nachdem ich lange in Südafrika gelebt habe, empfinde ich Verantwortung für alles Odes dieser Welt. Daher habe ich mich entschieden, die Geschichte ausgehen zu lassen, wie sie in der Realität jeden Tag geschieht. Die Vergewaltigungsrate in afrikanischen Townships ist hoch. Sehr hoch. "110 Vergewaltigungsfälle werden in Südafrika täglich angezeigt. Eine gewaltige Zahl – die Dunkelziffer dürfte 13-mal höher liegen, schätzen Forscher. 40 Prozent der Fälle betreffen Minderjährige, nur jede fünfte Anzeige endet mit einer Verurteilung. Südafrika ist mit einer jährlichen Vergewaltigungsrate von 70,5 Fällen pro 100.000 Einwohnern eines der weltweiten Epizentren für sexuelle Gewalt (zum Vergleich Deutschland: 13,7 Fälle). In einer südafrikanischen Studie gab jeder vierte befragte Mann an, schon einmal vergewaltigt zu haben." - Augsburger Allgemeine, Stand 2018 Aids, ungewollte Schwangerschaften und Armut sind häufig eine Folge aus einer Vergewaltigung. Mit ist es wichtig, die Sicht hierhin zu lenken und den Blick zu schärfen. Ich danke DreamWorks AI für die Bildkreationen, die den Kapiteln eine besondere Intensität verleihen. Alle Personen in diesem Roman sind frei erfunden. Ich bedanke mich auch bei Dir, lieber Leser, liebe Leserin, dass Du der Liebesgeschichte von Ode und Aba bis hier gefolgt bist, das bedeutet mir sehr viel! Unter www.inabroich.de gibt es mehr zu meinem Wirken und meinen Arbeiten.

Ina Broich

Über die Autorin

Mein Name ist Ina, ich wurde 1978 geboren, bin verheiratet und
habe zwei Kinder. Ich bin in Deutschland, Südafrika und Öster-
reich zur Schule gegangen. Gemeinsam mit meinem Mann habe ich
für mehrere Jahre in Südafrika gelebt und gearbeitet. Seit unserer
Rückkehr nach Deutschland habe ich bereits mehrere Bücher in
verschiedenen Genres veröffentlicht. Mit meinen Poetry Slams trete
ich auf kleineren und größeren Bühnen auf. Ich veröffentliche re-
gelmäßig in der Literaturzeitschrift „Der Gießerjunge". Meine
Kurzgeschichten wurden in der Anthologie des Neusser Autoren-
vereines abgedruckt in den Jahrbüchern meines Verlags.
Ausbildung und Weiterbildung zum Fachlektor im Lektorat Un-
ker.
Weiterbildung im Bereich „Einfache Sprache".